Ein langes Jahr

4. Auflage

Druck: Christian Theiss GmbH, St. Stefan im Lavanttal
ISBN 978-3-99027-080-6

EVA SCHMIDT

Ein langes Jahr

Roman

JUNG
UND
JUNG

Am Fenster zu stehen und den Kopf in die Luft zu strecken, machte ihn sehnsüchtig. Sehnsüchtig sein heißt nicht wissen, wohin man möchte.

Robert Walser, Die Rose

(1) Früh am Morgen

Über Nacht hatte es etwas abgekühlt. Die Luft war klar, keine Wolke am Himmel über dem See. Nur über dem Berg ein paar weiße Wolken, wie Rauch. Die Sonne war noch nicht aufgegangen. Es gab wenig Wind, das Wasser plätscherte kaum hörbar an die Pfähle der in den See gebauten Badeanstalt, die früher zu einem Militärstützpunkt gehört hatte, inzwischen aber öffentlich zugänglich war. Der Steg zum Eingang der Badeanstalt war erneuert worden, die Planken waren heller als die verwitterte Holzfassade des Gebäudes. Noch war die Kassa nicht besetzt. Im Wasser, wie kleine Türmchen aufragend, trieben drei Bierflaschen.

Von einer Feuerstelle am Ufer stiegen Rauchschwaden auf. Ganz in der Nähe saßen zwei Menschen. Ein Mann und eine Frau. Ein junger Mann und eine junge Frau. Sie bewegten sich, als würden sie etwas einpacken. Und bald erhoben sie sich, entfernten sich von dem Platz, wo sie vermutlich geschlafen hatten. Jeder trug eine Tasche. Es waren große Taschen, in denen Platz war für Decken, Kleidung, Proviant. Die beiden waren barfuß, balancierten vorsichtig über das steinige Ufer, gingen dann auf dem asphaltierten Weg nebeneinander stadteinwärts. Der Mann trug eine weite Hose, in seine Haare waren Zöpfe geflochten. Auch die Kleidung der Frau war weit und sah aus, als hätte sie seit Tagen darin geschlafen.

Es war kurz nach sechs, als die Sonne aufging. Zwar war sie wegen des steil ansteigenden Bergs vom Ostufer aus noch nicht sichtbar, aber ihre Strahlen erreichten die Hafenstadt am Nordufer der Bucht, beleuchteten die lange Häuserzeile. Weit draußen auf dem Wasser war ein Motorboot zu sehen. Es schien sich kaum von der Stelle zu bewegen, schaukelte, als sich der Fahrer, vermutlich ein Fischer, aufrichtete. Etwas weiter westlich Richtung Stadt – von dem jungen Paar mit den Taschen waren inzwischen nur noch die Silhouetten zu erkennen – hatten zwei andere ihr Lager aufgeschlagen. Wieder waren es zwei, einer von ihnen jung und männlich, der andere, oder die, ein Wesen, das bis zu den Ohren in eine Decke gehüllt war. Zwei Fahrräder, das eine über dem anderen, lagen in unmittelbarer Nähe der Schlafenden. Und genau so, wie eines der Fahrräder halb über dem anderen lag, hatte sich der junge Mann mit einem Arm und einem Bein über die andere Person gelegt, als wollte er diese schützen oder wärmen.

Auch ein Teil der Stadt – die nahegelegenen Hafengebäude, der Leuchtturm am Ende der Mole, die Dächer, Türme und Fassaden – war inzwischen von der Morgensonne angestrahlt. Es würde ein heißer Tag werden. Gleich würde einer aus einer Gruppe, die am Ende des Steges stand, ins Wasser springen. Er war nur mit einer Badehose bekleidet, während die anderen, lachend und wild durcheinander redend und gestikulierend, noch vollständig bekleidet waren. Die blonde Frau, die in einem ärmellosen Kleid mit umgehängter Tasche aus der Stadt kam, ging wohl nach Hause, kam von einem Nachtdienst, von einem Mann, bei dem sie übernachtet hatte, oder von einer Party. Sie wirkte nüchtern, aber müde. Steuerte auf den Bahnübergang zu, überquerte die Schienen, danach die Straße. Ging auf die neue Siedlung mit den vielen seeseitigen Terrassen und Balkonen zu.

Auch ein anderer, der sich an diesem frühen Morgen im Bereich der Badeanstalt aufhielt, würde irgendwann nach Hause gehen. Er saß ganz für sich, am äußeren Ende einer kniehohen Mauer. Die Flasche Bier neben ihm war leer. Er schien nichts um sich herum wahrzunehmen, weder die junge Frau, die gerade vorbeigegangen war, noch die johlende Gruppe auf dem Steg, auch nicht die beiden Schlafenden neben ihren Fahrrädern.

Es war kurz nach sieben. Inzwischen war ein wenig Wind aufgekommen. In einem der Siedlungshäuser trat eine Frau auf die Terrasse. Sie bewegte sich langsam auf die Brüstung zu, hob die Arme, als würde sie tief durchatmen, lehnte sich an das Geländer, den Blick auf den See gerichtet.

(2) Der Hund Albuquerque

Er war weit gereist. Der Sohn der Familie hatte ihn in New Mexico kennengelernt und das Tier nach Erledigung aller Formalitäten nach Europa, genauer gesagt nach Frankfurt am Main, eingeflogen, war von dort mit dem Zug nach Österreich gereist, und dann waren sie da, Tom, der junge Mann, und der Hund, der Albuquerque hieß, aus Gründen einer rasch einsetzenden Erklärungsmüdigkeit aber bereits nach wenigen Wochen nur noch Kerk gerufen wurde.

Kerk hatte goldfarbenes Fell, einen großen Kopf mit dunklen Augen, eine weiche Schnauze und die bullige Statur einer auch bei uns verbreiteten Hunderasse. Alle in der Straße bestaunten den Hund, von dem rasch bekannt wurde, woher er kam. Tom gab bereitwillig Auskunft, sooft er mit Kerk spazieren ging, während die anderen Mitglieder der Familie – Mutter, Vater, Schwester – weniger gesprächig waren. Die Familie bewohnte ein Anwesen auf einer Anhöhe am Ende der Straße. Von der Siedlung aus sah man davon nicht sehr viel. Hohe Hecken und ein großes Tor, das keinerlei Durchsicht bot, umgaben das weitläufige Landhaus. Das Tor öffnete sich automatisch, sobald ein Mitglied der Familie in einer der drei Limousinen oder in dem kleinen Sportwagen mit dem Verdeck das Grundstück verließ oder nach Hause zurückkehrte. Manchmal führte auch Toms Mutter den Hund spazieren, selten sogar der Vater. Man sah sie dann durch die Siedlung gehen, entweder Richtung See oder in den bergseitig beginnenden Wald.

Die Nachbarn bestaunten den Hund. Er war ein auffallend schönes Tier. Aber man bestaunte ihn auch aufgrund seiner Herkunft und der Tatsache, dass er, der aus einem Asyl in Albuquerque stammte, das Glück hatte, in einer der angesehensten Familien der Gegend untergekommen zu sein. Man bestaunte ihn, blieb kurz stehen, obwohl man gerade die Straße überqueren hatte wollen, wandte sich um, machte auf dem Gehsteig Platz, alles nur, um den Hund, der über dem Halsband ein rotes Tuch trug und an einer Leine aus feinem Leder ausgeführt wurde, zu bewundern. Die Bewunderung wurde von Tom freundlich, von den restlichen Familienmitgliedern huldvoll entgegengenommen oder gar nicht bemerkt.

Nachdem Tom Monate später zu Studienzwecken in ein Internat in die französische Schweiz geschickt worden war, wurden die Ausflüge, die mit Kerk unternommen wurden, seltener. Hin und wieder sah man den Hausherrn oder seine Gattin, nie beide gemeinsam, in Begleitung des Hundes die Straße entlanggehen, und die Bewunderung, welche man dem Tier anfangs entgegengebracht hatte, verlor sich nach und nach, zumal sie keinem der Siedlungsbewohner jene Aufmerksamkeit eingebracht hatte, die er sich vonseiten der Hundehalter vielleicht erwartet hatte. Bald wurde Kerk wie jeder andere Hund in der Gegend behandelt. Die Aufregung hatte sich gelegt und eine eventuelle Verunreinigung des Gehsteigs durch den Hund löste die Empörung aus, die auch andere Hundebesitzer kannten. Die Hausherrin, die keinerlei auf das Tier bezogene Gewohnheiten erkennen ließ und einmal am frühen Morgen, am nächsten Tag gegen Mittag, am übernächsten gar nicht oder erst am späten Nachmittag mit dem Hund gesichtet wurde, ließ sich weder mit Nachbarn noch mit zufällig Entgegenkommenden auf ein Gespräch ein. Einzig ein kleiner alter Herr, der an einem Stock ging und immer ein Säckchen mit Hundekuchen bei sich trug, ließ es sich nicht nehmen, Kerk mit seinen Leckerbissen zu füttern, sooft sich ihm die Gelegenheit dazu bot. Und Kerk seinerseits gebärdete sich entgegen seiner sonstigen Wohlerzogenheit ungehörig, riss an der Leine, sooft er den Mann erblickte, und begrüßte ihn stürmisch. Im Grunde versuchten alle, die Kerk ausführten, dem kleinen Herrn aus dem Weg zu gehen. Der jedoch war voll des Lobes über die nette Familie und den Hund, den er, wie er jeden wissen ließ, als persönlichen Freund betrachtete.

Eines Tages war der Hund, der Kerk gerufen wurde, verschwunden, was zunächst niemandem auffiel. Erst nach und nach wurde seine Abwesenheit bemerkt. Die Bewohner der Siedlung begannen sich gegenseitig zu befragen und kamen zu dem Schluss, dass der Hund bereits seit Wochen nicht mehr gesehen worden war. Und es war schließlich der kleine Mann mit dem Stock, Herr Agostini, der Licht in die Sache brachte. Herr Agostini wusste, dass Kerk krank geworden und nach teuren Behandlungen, die alle nichts gebracht hatten, eingeschläfert worden war. Herr Agostini, dem man zu jeder erdenklichen Tageszeit in der Siedlung begegnete, erzählte jedem davon, der es wissen wollte. Er sagte, Tom sei aus der französischen Schweiz angereist, um sich von seinem Hund zu verabschieden. Nachdem klar gewesen sei, dass Kerk nicht mehr gerettet werden konnte, habe Tom ihm ein Beruhigungsmittel verabreicht. Dann sei der bereits schlafende Hund bis zum Eintreffen des Arztes auf seine Lieblingsdecke gelegt worden. Alle, Tom und seine Schwester, Vater und Mutter, seien neben Kerk am Boden gekauert, während der Hund, ohne noch einmal aufzuwachen, durch die Spritze des Arztes endgültig entschlafen sei. Herr Agostini wusste auch, dass Kerk aufgrund eines Gesetzes nicht im Garten des Anwesens begraben werden durfte. Um den toten Hund nicht der Tierkadaververwertung übergeben zu müssen, sei er noch am selben Tag von der Familie, eingeschlagen in seine Decke, im Kofferraum der silbernen Limousine über die Grenze in die Schweiz gefahren worden. Nach einer schönen Zeremonie habe man Kerk in einem dort ansässigen Hundebestattungsunternehmen kremiert und seine Asche ein paar Stunden später wieder zurück über die Grenze nach Österreich geschmuggelt. Im weitläufigen Garten der Familie, unter einem Lindenbaum, habe der Hund schließlich seine letzte Ruhestätte gefunden. Ein kleiner Grabstein und eine blühende Kamelie würden an ihn erinnern. *Hier ruht der Hund Albuquerque aus New Mexico*, stehe auf dem Grabstein neben den Jahreszahlen seiner Geburt und seines Todes. Herrn Agostini traten jedes Mal die Tränen in die Augen, wenn er jemandem die Geschichte erzählte, wozu er aber gerne bereit war.

(3) Gloria

Gloria machte ihrem Namen alle Ehre. Sie hatte ein hübsches Gesicht mit einem Grübchen in einer Wange. Sie empfand es als etwas Besonderes, nur ein Grübchen zu haben. Früher hatte sie sich immer ein wenig geärgert, als wäre entweder ein Zuviel oder ein Zuwenig in ihrem Gesicht, aber seit einer ihrer Bekannten, ein Künstler, bemerkt hatte, dass gerade das Fehlen des zweiten Grübchens ihrem Gesicht, vor allem ihrem Lächeln, etwas Geheimnisvolles verlieh, war sie sogar stolz darauf.

Gloria war erst am frühen Morgen nach Hause gekommen. Sie hatte bei einem Mann, den sie am Abend kennengelernt hatte, übernachtet, war jedoch ab vier Uhr wachgelegen und hatte, um den Schlafenden nicht aufzuwecken, kaum gewagt, sich zu bewegen. Als das erste Tageslicht unter der schief hängenden Jalousie durchgedrungen war, hatte sie sich nichts sehnlicher gewünscht, als endlich zu Hause in ihrer Wohnung zu sein. Ganz leise hatte sie sich angezogen, sich hinausgeschlichen, die Wohnungstür vorsichtig hinter sich ins Schloss gezogen, war erst im Treppenhaus in die Schuhe geschlüpft.

Und jetzt stand sie auf der Terrasse ihrer kleinen Wohnung. Zu Hause hatte sie sofort geduscht, etwas Bequemes angezogen und beschlossen, die Wohnung den ganzen Tag nicht mehr zu verlassen. Manchmal schien ihr, als wäre die Wohnung ihr einziges Glück. Ein Glück, das allerdings immer mit einem Gefühl der Unruhe und Angst verbunden war. Aber es war eben nur ein Gefühl. Es machte sie ein wenig nervös, mehr nicht.

Es war Sonntag und Gloria machte sich in der Küche ein Frühstück. Kochte ein weiches Ei, packte Schinken, Käse, Marmelade, Butter, aufgebackene Brötchen, Orangensaft und Kaffee auf ein großes Tablett, legte eine Stoffserviette dazu und eine einzelne Rose aus einer Vase mit einem Blumenstrauß. Manchmal stellte sie sich vor, ein Kind zu bekommen. Ein Kind von einem Mann, mit dem sie eine einzige Nacht ihres Lebens verbracht hatte. Gloria hatte nicht viele Freunde. Es gab eine Kollegin in der Kanzlei, etwa im selben Alter wie sie und auch ohne Familie, ohne Kinder, mit der sie manchmal ausging, ins Kino, in eine Bar, einmal in der Woche in ein Fitnessstudio, hinterher in die Sauna. Im Winter. Im Sommer schwammen sie abends ein paar Runden im See.

Mit einem der Anwälte aus der Kanzlei war sie eines Nachts nach einer Betriebsfeier mit schwerem Essen und viel Alkohol in seiner Wohnung gelandet. Die Fahrt in seinem Sportwagen auf der Bergstraße nach unten hatte vermutlich nur durch Glück nicht an einem Baum geendet. Gloria hatte den Mann, der sie bereits in der Tiefgarage umarmt und geküsst hatte, in seine Wohnung begleitet. In seinem gluckernden Wasserbett musste der Alkoholgehalt in ihrem Blut rapide gesunken sein, denn sie fühlte sich plötzlich so nüchtern, als habe sie wochenlang nichts getrunken. Sie war dem jungen Anwalt zugetan gewesen, sie mochte ihn sogar, spürte auch, dass er ein anständiger Kerl war, der allerdings, wie sie wusste, zu Ausschweifungen neigte. Vielleicht war es nur der Zwiebelgeruch in seinem Schweiß, vielleicht auch nur ihre Neigung, sich immer in die falschen Männer zu verlieben, die sie veranlasste, das Appartement des Anwalts noch vor Anbruch des Tages zu verlassen und den Heiratsantrag, den er ihr gemacht hatte, unbeantwortet zu lassen.

Erst vor wenigen Wochen hatte Gloria erfahren, dass der Anwalt, mit dem sie danach noch in guter Freundschaft zusammengearbeitet hatte, bevor er sich mit einer eigenen Kanzlei selbstständig gemacht hatte, nach regelmäßigen Alkohol- und anderen Exzessen und nach schwerer Krankheit im Alter von nur siebenunddreißig Jahren gestorben war. Ein paar Tage hatte Gloria um den Mann, den sie allerdings schon lange aus den Augen verloren hatte, getrauert.

(4) Dienstagabend ist an sich kein guter Zeitpunkt

Dienstagabend ist an sich kein guter Zeitpunkt, um ein paar Stunden in einer Bar zu verbringen, dachte Marcel Ritter. Er war schlecht gelaunt, hatte in seinem Zimmer, dessen einziges Fenster nach Norden ging, gefroren und sich gelangweilt. Er hatte eine Zigarette nach der anderen geraucht, zwei Dosen Cola, jeweils mit einem kräftigen Schuss Rum, leer getrunken. Lange stand er am Fenster, den Blick unter dem halb offenen Rollo, das sich weder nach oben noch nach unten bewegen ließ, auf die gegenüberliegende Fassade gerichtet. Genauer auf das Fenster, hinter dem im Schein einer schwachen, von der Decke baumelnden Glühbirne eine alte Frau an einem Tisch saß und in einer Zeitung blätterte. Ritter hatte gesehen, wie die Alte hin und wieder eine Tasse zum Mund führte, dabei so zitterte, dass die Flüssigkeit, die sich in der Tasse befand, überschwappte. Er hatte gesehen, wie sie sich schwerfällig erhob, aus seinem Blickfeld verschwand, mit einem Lappen wieder auftauchte, mit dem sie über den Tisch wischte. Einmal hatte sie genau in seine Richtung geschaut, den Blick aber rasch wieder abgewandt.

Als Ritter später die Bar betrat, waren darin nur der Barkeeper, der mit dem Abtrocknen von Gläsern beschäftigt war, und eine Frau, von der er zunächst nur schulterlanges, krauses Haar und einen schmalen Rücken wahrnahm. Ritter stellte sich an die Theke, machte dem Kellner ein Zeichen, das dieser mit einem Nicken quittierte, um kurz darauf ein Getränk vor dem Gast zu platzieren. Ritter trank und rauchte, warf hin und wieder einen Blick auf die Frau, die mit gebeugtem Rücken auf ihrem Barhocker saß und mit einer Fingerspitze Linien in das Kondenswasser ihres Sektglases zeichnete. Die Musik war laut, es waren Nummern, die Ritter schon hundertmal gehört hatte. Manchmal trommelte er mit den Fingern ein paar Takte mit. Er hatte den Kragen seiner Lederjacke hochgeschlagen. Das weiße T-Shirt, das er darunter trug, leuchtete im Barlicht bläulich. Immer wieder strich er sich die Haare aus der Stirn, betrachtete sich dabei im Spiegel hinter den aufgereihten Flaschen. Ein kurzes Gespräch mit dem Kellner, der sich zwischendurch selbst ein Getränk genehmigte, verlief belanglos. Die Frau schrak einmal auf, als sei sie kurz eingenickt. Sie rauchte nicht. Ritter begegnete im Spiegel ihrem Blick und war verwundert, dass sie sich nicht sofort wieder abwandte, sondern ihn offen, fast erstaunt, anschaute. Sie wirkte auf ihn sehr ernst.

Einmal ging er zur Toilette, zog sich dort eine Linie Kokain, die er auf dem Klodeckel anhäufte, in die Nase. Als er zurückkam, stellte der Kellner gerade ein weiteres Glas Sekt vor der Frau ab. Ritter tat so, als würde er telefonieren, sprach in sein Handy, entfernte sich dabei von der Theke, hielt eine Hand über das freie Ohr. Nachdem er sein imaginäres Telefonat beendet hatte, stellte er sich wieder an seinen Platz an der Bar. Er wirkte nachdenklich, versuchte zumindest, so zu wirken. Er verschränkte die Arme, rieb sich das Kinn, stützte den Kopf in die Hand, runzelte die Stirn. Als er sicher war, dass die Frau ihn beobachtete, schaute er auf, machte ein Gesicht, als wäre er gerade mit schwerwiegenden Problemen beschäftigt, setzte aber schließlich ein schräges Lächeln auf, so, als wollte er andere damit nicht belasten. Was soll der Scheiß, dachte er gleichzeitig, was für eine Show ziehe ich hier eigentlich ab. Die Frau lächelte ihn an, wenngleich ihre Augen noch immer ernst wirkten.

Ritter dachte, dass es nun an der Zeit sei, sich ihr zu nähern. Er nahm sein Glas, ging die wenigen Schritte auf sie zu, setzte sich auf den Hocker neben sie, schaute geradeaus in den Spiegel. Auch die Frau, die sich ihm zunächst zugewandt hatte, sah nun in den Spiegel. Ihre Augen glänzten, als sich ihre Blicke trafen. Ritter wusste, was passieren würde. Er war es, der das Spiel kontrollierte.

(5) Die Stadt

Man muss sich die Stadt so vorstellen: Sie liegt am Ostufer des Sees, erstreckt sich über die gesamte Bucht und im Osten ein Stück über den Berghang. Der Berg, auf den eine Seilbahn und viele Wanderwege führen, ist hoch und steil. Im Süden der Stadt erheben sich einzelne Hügel mit alten Stadthäusern und kleineren Neubauten, Kirchen, einem Krankenhaus, Schulen, früheren Herrschaftsvillen, in denen sich heute Hotels, eine große Bibliothek und ein Mädchenpensionat befinden. Die erst in neuerer Zeit entstandene Siedlung in der Ebene im Süden endet am Fluss, und an diesem entlang bis zu seiner Mündung in den See erstreckt sich jener Stadtteil, in dem die meisten Hochhäuser stehen, in dem sich Fabriken, Großmärkte, Autohäuser, Handels- und Handwerksbetriebe angesiedelt haben. Auch hier gibt es Schulen und Kirchen, aber neuerer Bauart. Die Wohnungen in diesem Vorortviertel sind nicht so teuer wie die in der Innenstadt, am See, in der Altstadt oder am Berghang. Das ganze Ufer ist öffentlich zugänglich. Fährt man von Norden her, aus Deutschland kommend, auf die Stadt zu, sieht man die östliche Bucht des lang gezogenen Sees. Wenn man Glück hat, ist das Wetter dunstig, die Farben des Wassers, der Stadtsilhouette, auf die man zufährt, und des Himmels darüber hell und zart. Golden schimmern manche Dächer, blitzen in den Sonnenstrahlen, die schwach durch den Dunst dringen, hier und dort auf.

Am Ufer entlang, eingeklemmt zwischen Berg und See, verläuft die schmale Straße. Längst werden die unzähligen Autos und Lastzüge, die von Deutschland in die Schweiz, ins östliche Österreich und weiter nach Italien, Slowenien, Kroatien fahren, durch einen Tunnel an der Stadt vorbeigeleitet. Die Züge, die zwischen Straße und Ufer die eingleisige Bahnlinie entlangrattern, drosseln ihre Fahrt im Uferbereich, wo sich die beiden schrankenlosen Bahnübergänge für Radfahrer und Fußgänger befinden. Im Winter, wenn viel Schnee liegt, hört man das Herannahen der Züge kaum. Nur das lang gezogene Pfeifen, das Warnsignal, ist dann zu hören, dann das gedämpfte Rauschen und Rattern und schließlich, kaum ist der Zug vorbei, hört man gar nichts mehr, sieht im aufwirbelnden Schneestaub nur noch die beiden Schlusssignale leuchten. Aus der Luft, von einem Flugzeug aus gesehen, sieht die Stadt mit all ihren Ausbuchtungen und Engstellen aus wie ein riesiger, mit dem Maul im Wasser liegender Fisch.

(6) Kontrolle

Das Hochhaus hat sieben Stockwerke. Es befindet sich im südlichen Teil der Stadt, auf einem ansteigenden Hügel über der Siedlung am Fluss. Die schmale Straße, die in der Kurve nach der Siedlung ansteigt und am Hochhaus vorbeiführt, mündet in eine Durchzugsstraße Richtung Süden. Vom Hochhaus, zumindest aus den oberen Stockwerken, sieht man über die ganze Siedlung, die ersten Strahlen der aufgehenden Sonne erreichen die nach Osten gerichteten Fenster und Balkone. Über einem dem Berg vorgelagerten Felsmassiv erhebt sich eine Burg.

Masarek richtete seinen Blick auf die Burg, als er früh am Morgen auf seinen Balkon trat. Es war kühl, in der Nacht hatte es geregnet. Masarek trug eine wattierte Jacke, eine sogenannte Bomberjacke, außerdem schwere Stiefel und eine Mütze aus Leder, deren Ohrenklappen unter dem Kinn festgebunden werden konnten. Jetzt waren sie hochgeklappt und über der Mützenspitze zusammengeknüpft. Masarek zog eine Schachtel aus der Jacke, zündete sich hinter vorgehaltener Hand eine Zigarette an. Sein

Blick war noch immer auf die Burg gerichtet, wanderte nach einer Weile über die Siedlungshäuser, die vom Hochhaus aus zu erkennen waren, und weiter in Richtung des flachen, breiten, dicht besiedelten Tales. Am Ende des Tales, in sehr weiter Entfernung, sah man hohe Bergketten, deren Spitzen trotz des fortschreitenden Sommers noch schneebedeckt waren.

Masarek beobachtete eine Frau, die unten in der Siedlung gerade die Holzläden öffnete, sich dabei aus dem Fenster lehnte und in dieser Haltung eine Weile verharrte. Er trat einen Schritt zurück, ohne die Frau jedoch aus den Augen zu lassen. Es war nicht das erste Mal, dass er sie beobachtete, und es wäre nicht das erste Mal gewesen, dass sie seine Anwesenheit auf dem Hochhausbalkon bemerkt hätte. Es war schon vorgekommen, dass die Frau abrupt nach oben geschaut hatte, vermutlich weil sie spürte, dass sie beobachtet wurde. Masarek war davon zwar in keiner Weise peinlich berührt gewesen, allerdings wollte er vermeiden, dass sie sich darauf etwas einbildete und sein Interesse an ihr falsch auslegte. Trotzdem hatte er eines Abends, als er aufgrund regelmäßiger Kontrollen wusste, dass die Frau und ihr Mann verreist waren, auf einem Abendspaziergang in einem plötzlichen Anfall von Neugierde den überdachten Eingang ihres Einfamilienhauses betreten, nur um den Namen zu erfahren, der auf einem Schild neben der

Klingel stand: K. & J. Oswald. Da er nicht wusste, ob der Vorname der Frau mit K. oder J. begann, nannte er sie seither Madame Oswald. Er betrachtete es als Zeitvertreib, sich in Gedanken hin und wieder mit ihr zu beschäftigen.

An diesem Morgen schaute Madame Oswald jedoch nicht nach oben, sondern zog sich – wie nach einem kurzen Luftholen am offenen Fenster – wieder in ihre Wohnung zurück. Der Regen hatte zwar aufgehört, doch das Wetter war trüb und viel zu kühl für die Jahreszeit. Masarek kippte die Asche seiner Zigarette in einen der beiden Blumentöpfe, aus deren trockener Erde trockenes Ast- und Blattwerk ragte. Die beiden Pflanzen, die ihm eine Bekannte im Frühling unaufgefordert auf den Balkon gestellt hatte, waren von ihm nie gegossen worden und rasch verdorrt. Und genauso rasch hatte er die Bekanntschaft mit der Frau beendet, an der ihn nicht nur die Aufdringlichkeit, mit der sie sich bereits beim zweiten Besuch in seine häuslichen Angelegenheiten mischte, sondern auch einige Äußerlichkeiten gestört hatten. Masarek liebte die Perfektion und verabscheute Menschen, die die persönliche Freiheit anderer missachteten.

Er wirkte ein wenig verdrossen, als er noch einmal einen Blick nach unten warf, drückte die Zigarette in einem der Blumentöpfe aus, betrat die Wohnung und entledigte sich in der Garderobe seiner

Mütze und der Jacke. Die Stiefel gehören wieder einmal geputzt, sagte er vor dem Spiegel im Flur. Seine Stimme klang energisch, und bereits kurze Zeit später, nachdem er geduscht, sich rasiert und umgezogen hatte, begann er auf einer ausgebreiteten Zeitung seine Stiefel zu putzen, eine Beschäftigung, die aufgrund der Sorgfalt, die er darauf verwandte, einige Zeit in Anspruch nahm. Was mich anziehen würde, murmelte er vor sich hin, wäre eine Frau, die keine Fragen stellt und genügend Zurückhaltung besitzt, um mich nicht ungebeten zu besuchen. Er hatte die Stiefel dick eingecremt und poliert und stand auf, um sich die Hände zu waschen. Blieb aber kurz noch einmal vor dem Spiegel in der Garderobe stehen, um dort in blitzschneller Bewegungsabfolge einen Revolver aus einer Schublade des Garderobenschranks zu ziehen, einen Augenblick lang breitbeinig und mit vorgestreckten Armen in Zielposition zu verharren und sich schließlich in entspannter Haltung wieder aufzurichten. Die Waffe, die er nun abwechselnd um die Daumen seiner beiden Hände kreisen ließ und mit einer Hand über den Kopf warf, um sie mit der anderen aufzufangen, landete nach erfolgtem Geschicklichkeitstraining erneut in der Schublade, sodass Masarek, der seine Übung mit einem ernsthaften und knappen Nicken beendete, seinen Weg ins Badezimmer fortsetzen konnte.

(7) Nackte Füße

Benjamin und Joachim sind zwei schöne Namen, dachte Richard Kleber, der seinem zehnjährigen Sohn und dessen neuem Freund, die gemeinsam vor einem Computerspiel saßen, eine Weile zugesehen hatte. Es erfüllte Kleber mit Genugtuung, dass sein Sohn, der das empfindsame Wesen seiner Mutter besaß und oft weinte, endlich einen gleichaltrigen Freund gefunden hatte. Bis vor Kurzem hatte Joachim nur mit jüngeren Kindern Umgang gehabt, die sich entweder mit Albernheiten beschäftigten oder – wie die achtjährige Cousine seines Sohnes – am liebsten mit Puppen spielten oder sich verkleideten und schminkten.

Einmal, nur wenige Wochen nachdem Kleber von seiner Frau geschieden worden war, hatte er sich, als er von der Arbeit heimkam, über einen penetranten Parfumgeruch gewundert, war dem Geruch nachgegangen und hatte seinen Sohn mit dessen Cousine im begehbaren Schrank seiner Exfrau gefunden, wo sie, auf groteske Weise geschminkt und gekleidet, inmitten eines Bergs von Schmuckstücken, geöffneten

Briefen und Fotografien saßen, die seine Frau zurückgelassen hatte. Kleber hatte noch am selben Abend sämtliche persönlichen Gegenstände und Kleidungsstücke seiner Exfrau in große Abfallsäcke gesteckt und in einen Raum gesperrt. Wütend, aber beherrscht hatte er Lore, die eigentlich Hannelore hieß, angerufen und sie aufgefordert, ihre Sachen endlich abzuholen, anderenfalls er alles entsorgen werde. Lore hatte seinen Anruf zwar nicht entgegengenommen, aber die Nachricht auf ihrer Mailbox musste sie gehört haben. Kleber seufzte, die Frist, die er ihr gesetzt hatte, lief in wenigen Tagen ab, und er würde nicht zögern, die schwarzen Säcke in die Mülldeponie zu transportieren. An jenem Abend hatte er sich allerdings nicht nur über seine Exfrau, sondern gleichermaßen über den Sohn so geärgert, dass er die halbe Nacht mit Magenschmerzen wach gelegen war. Sein Versuch, ein Gespräch mit Joachim zu führen, war daran gescheitert, dass dieser mit einer Bärenmaske vor dem Gesicht in seinem Zimmer gesessen war und Klebers Worte ohne sichtbare Reaktion über sich ergehen hatte lassen.

Es war Mittwochabend. Für den nächsten Tag, einen Feiertag, hatte Kleber seinem Sohn und dessen neuem Freund einen Besuch in einem Naturkundemuseum versprochen. Kleber hatte sich ein Glas Wein genehmigt und saß damit auf der Terrasse seines Hauses, das in den Hang gebaut war, sodass er das ganze Viertel mit den vielen Einfamilienhäusern, Wohnblocks, Gärten, Straßen und Wegen überblickte. Den Abschluss der Siedlung bildeten zwei Hochhäuser. In einem dieser Häuser wohnt Benjamin, dachte Kleber, der kurz mit dem Jungen gesprochen hatte und erstaunt gewesen war über die klaren und gar nicht kindlich wirkenden Auskünfte, die er erhalten hatte. Der Junge gefiel ihm, er war kaum älter, erschien ihm aber wesentlich vernünftiger als Joachim. Vermutlich hat er einen starken Charakter und verfügt über eine gesunde Intelligenz, sagte Kleber. Etwas verbittert dachte er wieder an seine Exfrau. An die Briefe, Postkarten, Fotos, die er in seiner Wut auf Joachim in einen der Müllsäcke gesteckt hatte. An den vergangenen Winter, als sie aus seinem Haus ausgezogen war. Er erinnerte sich daran, wie sie mit einem schweren Koffer, einer Reihe von Taschen und mehreren vollgestopften Plastiksäcken in der Tür gestanden war. Sie trug den Pelzmantel, den er ihr zu ihrem dreiunddreißigsten Geburtstag geschenkt hatte, Jeans und einen Pullover, an dessen Farbe er sich nicht mehr erinnern konnte. Schmale, spitze Schuhe mit dünnen Absätzen hatte sie getragen. Sie war betrunken gewesen, als sie ihm ihren Entschluss, ihn zu verlassen, mitteilte, stolperte über den Teppichrand im Wohnzimmer. Kleber wusste schon lange, dass sie trank, heimlich, in seiner Abwesenheit. Sogar in der Zeit, als sie mit Joachim schwanger gewesen war, hatte sie getrunken. Ein Gläschen Sekt schadet nicht und regt den Kreislauf an, hatte sie gesagt, sooft er sie auf die schädliche Wirkung ihres Verhaltens aufmerksam machte.

Nach und nach hatte sie Koffer und Taschen in den Flur befördert, von dort vor die Haustür, dann die einzelnen Gepäckstücke die Außentreppe hinunter bis in die Einfahrt. Es hatte stark geschneit. Koffer und Taschen waren bereits mit einer Schneeschicht bedeckt gewesen, ehe es ihr gelungen war, sie im Kofferraum des Sportwagens, der am Straßenrand parkte, zu verstauen. Kleber war im dunklen Wohnzimmer gestanden und hatte zugesehen, wie sie sich mit ihrem Gepäck abmühte. Wie sie den Koffer und die paar Taschen in den kleinen Kofferraum zwängte, dabei immer wieder ausrutschte, sich auf den Kofferraumdeckel legte, damit er endlich zuging. Wie sie stürzte, als sie nach vorne ging, sich mühsam aufrappelte, endlich auf dem Beifahrersitz Platz nahm. Fast musste Kleber lachen. Vom Fahrer, der mit seiner Ladung offenbar nicht schnell genug davonfahren konnte, auf der Straße hangaufwärts gewaltig ins Schlittern kam, hatte Kleber nicht viel gesehen. Nur zwei Hände, die während der ganzen Zeit auf das Lenkrad trommelten. Sonst nichts. Kein Gesicht. An einem Handgelenk eine goldene Kette.

(8) Das Steckdosenhaus

Es war ein Mehrparteienhaus in einer ruhigen Wohngegend. Es wurde Steckdosenhaus genannt, weil es einer Stromgesellschaft gehörte und die Mieter – alles Arbeiter oder Angestellte der Gesellschaft – den Strom aus den Steckdosen angeblich kostenlos bezogen, wenn auch nicht immer, sondern nur zu bestimmten Stunden in der Nacht. Vor vielen Jahren lebte im ersten Stock des Hauses, in der nordseitig zur Straße gelegenen Wohnung, eine Frau. Sie war schon sehr alt, als ich in das Haus gegenüber zog. Die Frau mit der lauten Stimme, die im Erdgeschoss wohnte – später fand ich heraus, dass sie Maria hieß – rief manchmal zum Balkon hinauf, Frau Adler, sind Sie schon wach? Ich sah Frau Adler nicht, weil die Kronen der Birken ihren Balkon verdeckten. Nur im Winter war der Blick frei, aber im Winter stand Frau Adler nicht draußen. Ich sah sie aber hin und wieder im Laden, erkannte sie an der Stimme und weil sie mit Frau Adler angesprochen wurde. Einmal wartete ich neben ihr an der Theke, sie verlangte ein Paar Frankfurter, zwei Semmeln und Hirschtalgsalbe. Man erklärte ihr, die Hirschtalgsalbe müsse sie in einer Drogerie oder Apotheke besorgen. Als ich sie später mit ihrem fast leeren Einkaufsnetz draußen auf der Straße stehen sah, bot ich ihr an, sie nach Hause zu fahren. Ich musste sie dazu auf den Autositz heben, so klein war sie. Und so leicht. Ich sagte ihr, dass ich im Haus gegenüber wohne, doch sie schien sich nicht an das Haus zu erinnern. Im Winter sieht man es, sagte ich, es ist über der Straße, hinter der Hecke. Im Winter, wenn die Birken kahl sind.

Frau Adler ist dann irgendwann verschwunden. Einmal habe ich die Frau aus dem Erdgeschoss auf dem Weg zum Laden getroffen und nach Frau Adler gefragt und erfahren, dass sie schon seit Monaten in einem Pflegeheim lebt. Aber das ist auch schon wieder ein paar Jahre her. Nach Frau Adler wurde die Wohnung im ersten Stock von einem jungen Mann bezogen. Es war Winter, deshalb sah ich ihn ein paarmal in der Balkontür. Vermutlich öffnete er die Tür nur zum Lüften. Abends war meistens Licht in der Wohnung, doch nur selten bewegte sich etwas hinter der Glastür. Vor dem Fenster an der Nordfassade, das ebenfalls zur Wohnung gehörte, hingen Vorhänge, durch die etwas Licht schimmerte. Im Frühjahr, als die Birken austrieben und bald auch schon die ersten Blüten trugen, sah ich den jungen Mann hin und wieder den Balkon betreten, aber offenbar nur, um Abfälle in einem grünen Müllcontainer zu entsorgen. Im Sommer fand in der Balkonwohnung manchmal eine musikalische Probe statt. Es handelte sich um eine kleine Instrumentalgruppe, ein Quartett oder Quintett, ich glaubte, eine Geige, ein Cello, eine Flöte und eine Ziehharmonika erkennen zu können. Sobald die Probe unterbrochen wurde, waren Stimmen aus der Wohnung zu hören. Dunkle Männerstimmen und die etwas höhere Stimme einer Frau. Es gefiel mir, im Garten zu sitzen und den Klängen oder den unbeschwerten Stimmen zu lauschen. Es wurde viel gelacht, trotzdem wurde ernsthaft geprobt. So verging der Sommer. Ich verbrachte so viel Zeit wie möglich im Garten, jätete Unkraut, goss die Blumen, pflegte die Rosen. Manchmal war der Hund über Tage hinweg das einzige Lebewesen, mit dem ich sprach. Doch ich war zufrieden. Ich hatte meine Ruhe, blieb von fremden Blicken verschont, und die Tage und Monate vergingen. Die Birken verloren im Herbst ihr Laub, blieben den Winter über kahl, so wie der Balkon, hinter dessen filigranem Metallgeländer sich nach wie vor kein anderer Gegenstand befand als der mir bereits vertraute grüne Container.

Von der Frau, die Maria gerufen wurde, erfuhr ich – wieder einmal auf dem Weg zum oder vom Laden –, dass es sich bei dem jungen Mann um einen Herrn Magister handle, der neuerdings hin und wieder Damenbesuch bekomme. Ich sah dann auch tatsächlich irgendwann eine junge Frau, die gerade im Begriff war, die offen stehende Balkontür zu schließen.

Manchmal langweilte ich mich ein bisschen, wenn ich einen Blick auf das Steckdosenhaus warf und selten etwas anderes als den Mülleimer und die abends immer gleich beleuchteten Fenster sah. Ich stellte mir dann die junge Frau und den Herrn Magister vor, beide mit einer Kanne Tee, einem Brett mit Käse, Aufschnitt, klein geschnittenen Gurken und Brot vor dem Fernseher, während gerade die Abendnachrichten liefen, ein Liebesfilm, eine Volksmusiksendung oder eine Tierdokumentation. Ich war mir ziemlich sicher, dass die beiden keine Kriminalfilme schauten. Die anderen, etwas weiter entfernten Siedlungshäuser waren kaum von Interesse. Zwar waren von dort – sofern es warm genug war, die Fenster offen zu lassen – Stimmen zu hören, Lachen, Schreien, Schimpfen, Kinderweinen und Geplapper, die üblichen Haushaltsgeräusche, Motorenlärm aus einem der Höfe, das Gitarrenklimpern eines unbegabten Jugendlichen, Filmmusik und diverse Fernsehgeräte, Gegröle, sooft ein Fußballspiel übertragen wurde, aber zu sehen war selten jemand an einem der Fenster. Die Gebäude waren nicht so alt wie das Steckdosenhaus, und vor den meisten Fenstern waren die Jalousien tagein, tagaus heruntergelassen. Es gab auch noch ein Haus auf einem kleinen Hügel. Ein hübsches Haus, zu dem eine Treppe mit vielen Stufen hinaufführte, die von den Bewohnern, einem älteren Ehepaar, von Jahr zu Jahr langsamer erklommen wurde. Um das Haus auf dem Hügel sehen zu können, musste ich mich vom Sitzplatz in der Küche hinaus in den Garten begeben, war dort aber selbst gut sichtbar. Also schaute ich nur manchmal abends, wenn ich vor der Hecke stand, hinauf und stellte mir vor, wie schön es sein musste, von dort auf die kleine Siedlung mit den Ein- und Mehrfamilienhäusern und die vielen Gärten herabzublicken. Und einmal war ich dann tatsächlich oben auf dem Hügel, eingeladen zu Kaffee, Kuchen und einem Glas Wein von einem älteren Ehepaar, das den rückwärtigen Teil des Hauses bewohnte und an der höchsten Stelle des Hügels einen großen Garten und eine Terrasse besaß, von der aus man die ganze Siedlung und die dahinter aufsteigenden Berge überblicken konnte. Auch das kleine Haus, in dem ich wohnte, sah man von dort oben. Es wirkte etwas schäbig, die Fassaden verwittert, das Dach mit Moos überwuchert, der Garten nicht sehr ordentlich. Ich denke, dass die beiden Ehepaare noch immer in dem Haus auf dem Hügel wohnen, so wie die Frau, die Maria gerufen wird, vermutlich immer noch im Erdgeschoss des Steckdosenhauses wohnt. Nur ich wohne nicht mehr im Haus gegenüber.

Von Frau Maria sah ich manchmal nur den Kopf, und zwar dann, wenn ich aus meinem Arbeitszimmer im ersten Stock über die Hecke meines Gartens und die des Steckdosenhauses blickte. Ich sah im Sommer den grünen Sonnenschirm, denn die Wohnung öffnete sich zum Garten. Wenn Maria – sie mochte um die fünfzig, vielleicht auch sechzig sein – mit jemandem sprach, verstand ich jedes Wort. An schönen Tagen sah ich sie manchmal Wäsche aufhängen. Dies geschah akkurat. Hemden, T-Shirts und andere Kleidungsstücke nach Art und Farbe sortiert, Socken paarweise und jeweils zusammenpassend in einer Linie. Ich hörte Maria oft mit anderen Bewohnern, mit Nachbarn, auch mit den Ehepaaren vom Hügelhaus sprechen. So wie sie früher mit Frau Adler gesprochen hatte. Sind Sie schon wach? Morgen! Was für eine Hitze! Guten Morgen, Herr Doktor. Wie geht's? Ja, wir waren bereits im Urlaub. Zwei Wochen Mallorca … und Sie? Ach, Sie waren auf Kur … und so weiter. So bekam ich mit, dass sie im gemeinsamen Haushalt mit ihrem Mann, einem bereits erwachsenen Sohn und einer geistig behinderten Schwester wohnte. Eine Tochter, die bereits ein Kind hatte, kam manchmal auf Besuch, und die Schwester, die sie hin und wieder zum Einkaufen in den Laden mitnahm, sprach langsam und – ohne dass über Straße und Hecken hinweg jemals ein Wort zu verstehen gewesen wäre – unablässig vor sich hin, sooft sie im Garten saß oder sich dort bewegte. Es war ein monotones Plappern, ein Gebrabbel, auf das die Schwester jedoch immer mit derselben ruhigen, geduldigen Stimme einging und antwortete, um dies und das zu erklären, stets in kurzen, einfachen, wenn auch nie unkorrekten Sätzen.

In den Sommermonaten saß ich abends sooft es ging im Garten, las, solange es noch einigermaßen hell war. Sobald es dunkel wurde, zündete ich eine Kerze an, trank zwei, drei Gläser Wein, sah, sobald die vielen Vogelstimmen verklungen waren, Fledermäuse durch die Luft schwirren, sah die weißen Blüten der Hortensien und Rosen in der Dunkelheit leuchten. Es war nie ganz dunkel. Hinter der Hecke stand straßenseitig eine Laterne, je nach Stellung und Wolkenlage leuchtete der Mond, und selbst zu später Stunde, wenn die Lichter in den umliegenden Häusern ausgegangen waren, blieb ein kleines Fenster in einem der etwas entfernteren Wohnblocks beleuchtet. Es befand sich im obersten von drei Stockwerken und war das einzige Fenster in der nordseitigen Fassade. Nie war jemand hinter dem Fenster zu sehen, nie nahm ich dort eine Bewegung wahr, nie war ein Schatten zu erkennen. Es irritierte mich, dass fast immer Licht brannte, und ich fragte mich, wer dort wohnte, wer den Raum – eigentlich konnte es sich nur um ein Bad, eine Toilette oder einen Abstellraum handeln – benutzte und warum das Licht so selten gelöscht wurde.

Ich war gerne allein. Hatte keine Kinder, aber ich hatte den Hund, mit dem ich täglich größere und kleinere Runden durch das Viertel drehte oder in den angrenzenden Wald und auf die umliegenden Hügel und Berge wanderte. Der Garten verwilderte immer mehr, aber mir gefiel er so. Der letzte Sommer, den ich dort verbrachte, war heiß und trocken. Aber natürlich wusste ich nicht, dass es der letzte Sommer sein würde. Auch Herbst und Winter kamen, ohne dass ich etwas ahnte. Spätabends, wenn ich mit dem Hund von unserer letzten Runde zurückkehrte, löschte ich die Lichter im Haus, zündete eine Kerze an, machte es mir bequem und schaute hinaus. Die Birken hatten nach und nach ihr Laub verloren und noch immer stand der grüne Abfallcontainer auf dem ansonsten leeren Balkon gegenüber. Aber dann fiel mir auf, dass hinter den Fenstern abends kein Licht mehr brannte. Es vergingen mehrere Wochen, also nahm ich an, dass das junge Paar ausgezogen war. Irgendwann verschwand auch der grüne Container, und die Wohnung blieb weiter dunkel. Dann aber schien sich etwas zu verändern. Abends brannte Licht, doch es gab keine Vorhänge mehr. Bald war mir klar, dass in der Wohnung gearbeitet, dass sie renoviert wurde. Sogar hinter den drei kleinen Fenstern im Dachgeschoss des Hauses brannte Licht. Manchmal war ein Mann hinter einem der Fenster oder durch das Glas der Balkontür zu sehen. Kein alter Mann, aber auch nicht mehr jung. Es sah aus, als wäre sein Kopf kahl geschoren. Soweit es eben zu erkennen war. Und auch andere Männer, jüngere, ältere, bewegten sich in der Wohnung. Manchmal stand die Balkontür offen, meistens war sie aber nur gekippt. Dann aber, kurz vor Weihnachten, schienen die Renovierungsarbeiten beendet zu sein, und zum ersten Mal sah ich nun eine Frau, eine schlanke Frau mit langen Haaren, deren Alter ebenfalls schwer einzuschätzen war, die aber auf jeden Fall jünger wirkte als der Mann ohne Haare. Diese Frau stand also jetzt auf dem Balkon, den Blick durch das blattlose Birkengeäst hindurch direkt auf mich gerichtet. Ich war gerade aus dem Haus auf die kleine Terrasse getreten, den Blick gewohnheitsmäßig auf die Balkonwohnung gerichtet, hatte aber nicht damit gerechnet, dort jemanden zu sehen. Es war noch nicht dunkel, eine leichte Schneedecke hatte sich über die Rasenfläche, über Hecken und Sträucher, den Gartentisch und die Holzstühle gelegt, und gerade begann es wieder zu schneien. Einen Moment lang stand ich wie erstarrt, denn es war offensichtlich, dass die Frau mich anschaute und ich sie. Dann rief ich in meiner Verlegenheit den Hund, der sofort aus dem Haus kam. Ich ging ein paar Schritte in den Garten hinein, die Frau immer wieder aus den Augenwinkeln beobachtend. Sie rührte sich nicht, stand gerade wie ein Soldat, bewegte nur in kurzen Abständen eine Hand, in der sie offensichtlich eine Zigarette hielt, zum Mund. Ich sah den Rauch, und ich sah, dass sie eine Jacke mit Kapuze trug, eine rostrote Jacke, dazu eine grüne Hose. Unter der Kapuze quollen ihre langen Haare hervor. Obwohl ich nicht entsprechend angezogen war, streifte ich ein wenig durch den Garten, warf dem Hund ein Spielzeug zu, dem er nachjagte, um es mir gleich darauf vor die Füße zu legen. Rasch begann ich zu frieren und ging zurück zum Haus. Und gerade als ich die Terrassentür wieder schloss, verließ die Frau den Balkon, zog die Tür hinter sich zu und verschwand im Inneren der Wohnung.

Ich erinnere mich noch gut an diesen Abend. Zum ersten Mal war mir bewusst geworden, dass mein Haus und der Garten von der Balkonwohnung aus eingesehen werden konnten. Bis dahin hatte ich nie darüber nachgedacht, denn niemand hatte den nordseitig gelegenen Balkon je benutzt, zumindest nicht im Winter. Es wurde dunkel, ich aß eine Kleinigkeit, fütterte den Hund, setzte mich dann mit einem Glas Wein ins unbeleuchtete Wohnzimmer. Hätte ich Licht gemacht, wäre ich auch in diesem Raum mit der großen Glasfront zu sehen gewesen. Ich versuchte mich zu beruhigen. Schaute immer wieder zur Balkonwohnung hinauf. Und es dauerte nicht lange, bis sich die Tür erneut öffnete und die Frau wieder auf dem Balkon erschien. Ich hatte bereits gesehen, wie sie sich hinter der Glastür die Jacke anzog, die Kapuze über den Kopf streifte, um sich draußen erneut eine Zigarette anzuzünden und in derselben starren Haltung wie eine knappe Stunde vorher zu rauchen. Es schien, als hätte sie dabei mein Haus, meinen Garten im Blick, als würde sie mich beobachten. Immer wieder sah ich die Zigarette in Kopfhöhe aufglimmen, bis die Frau, sich die Jacke in der Wohnung neben der Balkontür abstreifend, wieder verschwand. Ich ging in die Küche, schenkte mir ein weiteres Glas Wein ein, widerstand dem Wunsch, eine Zigarette zu rauchen – ich hatte seit Monaten nicht mehr geraucht, eine ungeöffnete Packung mit Tabak und Zigarettenpapier befanden sich aber noch immer im Schrank –, schloss nun im Wohnzimmer die Vorhänge und machte Licht. Ich versuchte zu lesen, zog mich aber, weil meine Unruhe immer größer wurde, an und verließ mit dem Hund das Haus für einen kurzen Spaziergang. Ich wählte den Weg, der zwischen meinem Haus und dem Steckdosenhaus verlief. Es ist eine wenig befahrene, schmale Straße. Auf dem Gehsteig vor der Hecke, die zu meinem Garten gehörte, hatte sich eine zentimeterhohe Schneeschicht gebildet. Ich sah zum Balkon hinauf, sah in einem Teil des Raums hinter der Balkontür, der von meinem Haus aus nicht einzusehen war, einen Tisch und Stühle. Dann sah ich den Mann und gleich darauf die Frau mit den langen Haaren, die auf ihn zuging und ihn umarmte.

Die Weihnachtsfeiertage verbrachte ich entweder auf langen Spaziergängen draußen oder im Haus, sowohl im Arbeitszimmer als auch in der Küche bei heruntergelassenen Jalousien. Die Abende hinter geschlossenen Vorhängen im Wohnzimmer. Ich fühlte mich wie eine Gefangene. In der Wohnung gegenüber brannte abends nun immer Licht. Die Frau mit den langen Haaren rauchte ungefähr im Dreiviertelstundentakt. Immer stand sie dabei mit dem Rücken zur Balkontür, den Blick geradeaus, direkt auf mein Haus gerichtet. Ich liebe den Winter. Die eisige Luft, den Schnee, die kurzen Tage, die langen Nächte. Aber in diesem Winter wünschte ich mir den Frühling herbei. Stellte mir vor, wie die Birken austrieben, die Baumkronen vor dem Balkon von Tag zu Tag dichter wurden. Den Mann sah ich selten. Nur manchmal hinter dem Glas der Balkontür. Die Frau hingegen rauchte bei jeder Witterung. Wenn es regnete oder schneite, trug sie eine Kapuze. Sie hatte ein schmales Gesicht und, wie ich von Weitem zu erkennen glaubte, eng zusammenstehende Augen, eine lange Nase. Einmal überlegte ich, ob ich sie durch das Teleobjektiv meiner Kamera genauer betrachten sollte, hielt es aber für unter meiner Würde. Manchmal stellte ich mir vor, dass sie mich während ihrer Rauchpausen beobachtete, um irgendwann bei mir einzubrechen. Sie wusste genau, wann ich zu Hause war und wann nicht. Sie war dünn. Einmal, als ich mich mit dem Hund im Garten aufhielt, hörte ich sie auf dem Balkon telefonieren. Zwar verstand ich kein Wort, aber mir schien, als spräche sie in einer fremden Sprache.

Dann kam der Frühling. Ich hatte mich bereits an den Anblick der Raucherin gewöhnt. Ebenso an den kleinen Tisch, der mittlerweile auf dem Balkon aufgestellt worden war. Der Mann war selten zu sehen. Die Raucherin, die untertags einer Arbeit außer Haus nachzugehen schien, immer erst gegen Abend, an den Wochenenden aber auch tagsüber. Zwei Stühle mit metallisch glänzenden Armlehnen wurden dem Tisch hinzugefügt, und an einem sonnigen Vormittag im März saßen einander die dünne Frau und der Mann mit der Glatze auf den Stühlen gegenüber. Es war offensichtlich, dass sie frühstückten. Und auch nachdem der Mann bereits wieder im Inneren der Wohnung verschwunden war, blieb die Frau, lesend und rauchend, auf dem Balkon sitzen. Bald sind die Birken wieder belaubt, dachte ich, und wenige Wochen später, nach der Blüte, nachdem gelber Staub auf allen erdenklichen Flächen in der ganzen Umgebung Schlieren gebildet hatte, breitete sich das zarte Grün immer dichter aus. Tag für Tag konnte ich nun beobachten, wie die Blätter wuchsen. Schon nahm ich an schönen Tagen mein Abendessen im Garten ein und ließ später im Haus trotz der Beleuchtung alle Vorhänge und Jalousien offen. Manchmal hörte ich die Stimme der Frau vom Balkon, aber ich sah sie nicht mehr. Manchmal hörte ich den Mann sprechen. Er hatte eine laute Stimme. Sein kurzes, abgehacktes Lachen war weithin zu vernehmen. Die Frau war nicht wirklich zu verstehen, wenn sie sprach. Doch sobald sie lachte, wurde auch ihre Stimme laut. Das Lachen der beiden empfand ich als unangenehm. Erst lachte einer der beiden, dann der andere. Aber es klang nicht froh oder heiter oder unbeschwert, sondern so, als würden sie sich über jemanden lustig machen. Manchmal hörte ich den Mann vom Balkon herunter mit Maria sprechen. Ich verstand jedes Wort. Sie sprachen freundlich miteinander, einer erkundigte sich nach dem Wohlergehen des anderen, ich hörte sie über das Wetter, über den Garten sprechen. Die Raucherin war an diesen Gesprächen nie beteiligt. Eines Tages rief Maria zum Balkon hinauf, dass die Birken nun endlich wegkämen. Und so geschah es auch. Nur wenige Tage später wurden die Birken gefällt. Ich sah von meinem Arbeitszimmer aus zu, beobachtete zwei Männer, die Stück für Stück die Baumkronen beschnitten, bis nur noch die Stämme und schließlich nur noch die Wurzelstöcke übrig waren, die am Ende von einem Bagger ausgehoben wurden.

Es ist früher Sommer. Von meinem Balkon aus sehe ich das Dach des Hauses, in dem ich gewohnt habe. Ich sehe ein Stück des Gartens. Ein Kind läuft über den Rasen, fällt hin, weint. Das Steckdosenhaus sehe ich nicht. Aber manchmal, meist gegen Abend, gehe ich mit dem Hund durch die Straße, in der wir beide noch vor wenigen Monaten lebten. Dann schaue ich hinauf zum Balkon, sehe Licht hinter der Glastür und den Fenstern, sehe die beiden Sessel mit den Metalllehnen, den kleinen, runden Tisch. Ich bleibe ein wenig stehen, lasse den Hund an der Hecke, die ihn noch immer aufgeregt werden lässt, schnuppern. Einmal, es war im vergangenen Winter, kurz nachdem ich umgezogen war, hatte ich Glück, sah die Frau, die sich hinter der Balkontür ihre Kapuzenjacke schnappte, auf den Balkon trat, sich eine Zigarette anzündete und rauchte. Alles wie immer, dachte ich und ging weiter, machte eine große Runde durch die Siedlung, stieg, als es schon fast Mitternacht war, die Anhöhe hinauf, klopfte den Schnee von den Stiefeln, sperrte die Tür auf, nahm den Lift in den sechsten Stock, machte Licht, bürstete den Hund, in dessen Fell der Schnee bereits schmolz. Später schenkte ich mir ein Glas Wein ein und trat für ein paar Minuten hinaus auf den überdachten Balkon. Ich schaute auf die Häuser unten, sah nur noch wenige beleuchtete Fenster, ein Auto, das auf der ansteigenden Straße ins Rutschen kam, zwei Personen auf dem Gehsteig, die laut miteinander redeten und gestikulierten, einen Mann, der sich aus dem Fenster eines Einfamilienhauses lehnte und die Läden zuzog, die Dächer der umliegenden Häuser, den schmalen Mond über einer sich auftürmenden und gleich darauf auseinanderreißenden Wolke.

(9) Der Stumme

Der Wind war stürmisch, fegte Laub und Äste von den Bäumen und wirbelte Blätter über Gehsteige und Straßen. Die Schafe auf der Wiese unterhalb des Hochhauses blökten und waren weithin zu hören.

Auf der Straße, die Richtung Hochhaus anstieg, ging der Stumme. Er wurde von den Bewohnern des Viertels, die ihm im Lauf der Jahre immer wieder begegnet waren, aber seine Stimme noch nie gehört hatten, so genannt. Er war offenbar ohne Ziel, wanderte durch die Gegend, um sich in Bewegung oder warm zu halten. Man begegnete ihm zu jeder erdenklichen Tageszeit, bei anbrechender Dämmerung und im ersten Dunkel der Nacht, auf Gehsteigen und Wegen und in der Umgebung des Flusses. Wo er schlief, wusste keiner, ebenso wenig, wo er herkam und ob er die Gegend zwischendurch verließ. Man betrachtete seine sonderbare Aufmachung. Er aber schien von anderen keine Notiz zu nehmen.

Der Stumme war ein dürrer, großer Mann mit verfilztem schulterlangem Haar. Sein Gesicht, im Sommer gebräunt, im Winter gerötet und manchmal auch blau vor Kälte, war schmal, die Nase spitz, ebenso das Kinn. Etwas Gehetztes, Wildes lag im Blick des Mannes, und seine Augen glänzten wie im Fieber. Seine Kleidung bestand aus zerschlissenen, an den mageren Fesseln seiner Beine viel zu groß wirkenden Turnschuhen, einer Hose, deren Farbe durch zahllose Flecken unbestimmbar geworden war, einem schmutzstarrenden Pullover, über dem er fast immer einen ebenso schmutzigen, zotteligen Lammfellmantel trug. Die Haut zwischen Hose und Schuhen sah aus wie abgetragenes Leder.

An manchen Nachmittagen war der Stumme in der Umgebung des großen Einkaufszentrums in der Nähe der Brücke zu sehen, die das Stadtrandviertel von der nächsten Ortschaft trennte, um in den großen Müllcontainern nach Essbarem zu suchen. Manchmal stöberte er auch in den Abfallbehältern des kleinen Lebensmittelladens, der in der Siedlung lag. Der Stumme schien niemanden zu beachten, auch nicht seinesgleichen, Männer und Frauen ohne Beschäftigung und Obdach, Streuner, Herumtreiber, Trinker, von denen manche in der Umgebung des Flusses, unter Steinwällen oder Brücken schliefen, den Sommer über blieben, im Winter meist verschwanden und im nächsten Frühjahr wieder auftauchten. Allein der Stumme war sommers wie winters unterwegs, und nur in der größten Mittagshitze sah man ihn ohne seinen Mantel.

An einem späten Abend im Juli, als Karin Brandenburg gerade das Fenster schließen wollte, sah sie den Stummen unten auf der Straße vorbeigehen. Ohne ihr Vorhaben zu Ende zu führen, zog sie sich wieder in den Raum zurück und weckte durch ihr seltsames Verhalten das Misstrauen ihrer Hündin, die gerade noch geschlafen hatte, nun aber mit gespitzten Ohren und witternder Nase auf das offene Fenster zusteuerte. Karin stellte sich ihr in den Weg, kniete neben ihr nieder und bedeutete ihr mit leisen Worten, ruhig zu sein. Erst nachdem die Schritte des Stummen verhallt waren, ließ sie die Schnauze des Tieres wieder los, schloss vorsichtig das Fenster und setzte sich in einen der beiden Korbstühle. Auf ihrer Stirn hatten sich tiefe Falten gebildet, denn das Auftauchen des Stummen hatte sie erschreckt, auch wenn sie fast sicher war, dass er sie nicht gesehen hatte.

Bin ich froh, dass sich mein Fenster im ersten Stock befindet, dachte sie, was sie allerdings kaum zu beruhigen vermochte. Was, wenn er den Weg zur Tischlerei einschlägt, über den Hof geht und die im Dunkeln liegenden Eingänge entdeckt? Fast war sie sich sicher, dass er diesen Weg eingeschlagen hatte und bereits vor der Druckerei oder der Tür zum Hundesalon stand. Karins Atelier befand sich zwar von der Straße aus gesehen im ersten Stock, war aber aufgrund der Hanglage von oben ebenerdig zugänglich. Bestimmt habe ich die Tür offen gelassen, dachte sie. Aber anstatt ihr Atelier zu verlassen, den Hundesalon zu durchqueren und die Eingangstür abzusperren, saß sie nur da, horchte in die Stille, spürte ihr Herz immer heftiger klopfen, während sie am ganzen Körper zu schwitzen begann und ihr Atem immer flacher wurde.

Sie beruhigte sich erst, als die Hündin wieder schlief. Der Anblick des Stummen, der erst vor wenigen Tagen in einem Anfall blinder Wut mit Fußtritten, die ihn selbst fast zu Fall gebracht hatten, am Flussufer auf ihre Hündin losgegangen war, hatte sie erschreckt. Aber nun, nachdem sie das Fenster noch einmal geöffnet und beobachtet hatte, wie er am Ende der Steigung von einer Straßenseite auf die andere wechselte, legte sich ihre Angst. Allein die Falten auf ihrer Stirn blieben und verschwanden auch später nicht, obwohl sie ein Glas Martini getrunken hatte. Ihr Blick glitt über die Sperrholztische, auf denen verstreut und in ziemlicher Unordnung zwischen Büchern, Malutensilien und Stapeln von Fotografien Skizzen und Entwürfe lagen.

Sie saß lange so. Schenkte sich hin und wieder nach. Holte ein Sandwich aus dem Kühlschrank, aß. Fütterte die Hündin. Führte sie zu später Stunde, als unten auf der Straße nur noch selten ein Auto vorbeifuhr, in den Garten, der an das Betriebsgelände grenzte. Der Himmel war klar, obwohl es tagelang geregnet hatte. Mächtige Bäume warfen im Mondlicht ihre Schatten. Karin Brandenburg bewohnte nicht weit entfernt in der Siedlung ein Appartement. Als sie von draußen zurückkehrte, sperrte sie zuerst die Eingangstür und am Ende des Salons auch die Ateliertür sorgfältig hinter sich zu. Sie legte sich auf das schmale Sofa in ihrem Werkraum, schlief aber lange nicht ein. Wie immer grübelte sie, dachte über ihr Leben nach.

(10) Elbe

Vom Balkon des alten Paares sah man auf den See. Ein frischer Wind wehte, es war früher Vormittag, halb zehn. Habe ich dir jemals die Geschichte von Herrn und Frau Elbe erzählt, fragte der alte Herr. Seine Frau, die gerade im Begriff war, ihren übergewichtigen Körper in einen Sessel auf dem kleinen Balkon zu zwängen, ächzte, ähnlich wie die geflochtene Sitzfläche des Stuhles. Möglich, dass du mir die Geschichte vor langer Zeit erzählt hast, sagte sie, aber ich erinnere mich nicht mehr daran. Und du weißt ja, wie gern ich dir zuhöre.

Der Mann, dessen schmales Gesicht von einer stark gebogenen, spitzen Nase dominiert wurde, lächelte. Es war ein mildes Lächeln. Seine Frau, die ihm gegenüber saß, atmete angestrengt in langen, seufzenden Zügen. Ehe sie sich setzte, hatte sie ein Tablett mit einer Kanne Kaffee, zwei dünnen Tassen mit dazu passenden Tellern, einer Zuckerdose, einem Kännchen Milch und zwei Schnitten Marmorkuchen auf einem Goldrandteller auf den Balkontisch gestellt. Aber nun war es ihr Mann, der den

Kaffee für sie beide einschenkte, Milch und Zucker in gleicher Menge in beiden Tassen verrührte und seiner Frau den Teller mit dem Kuchen reichte. Iss du den Kuchen, sagte die Frau, ich werde immer dicker, obwohl ich kaum mehr etwas esse. Unsinn, meine Liebe, antwortete ihr Mann, du hast nur etwas zugenommen, weil du nicht mehr gut zu Fuß bist. Dir fehlt die Bewegung, eins ergibt eben das andere. Seine Frau seufzte, danach schwiegen sie eine Weile. Vielleicht, weil das Schweigen ihrer Zweisamkeit keinen Abbruch tat, vielleicht auch nur, weil ein Zug vorbeifuhr, der sich bereits durch ein schrilles Pfeifen angekündigt hatte. Es war ein langer Güterzug, der Richtung Stadt fuhr. Der alte Mann und seine Frau beugten sich ein wenig vor und folgten mit ihren Blicken dem vorbeifahrenden Zug, bis der letzte Waggon verschwunden war. Wie ich die Züge liebe, sagte der Mann.

Während des Krieges, begann er dann, lebte Herr Elbe – er stammte aus Berlin – mit seiner Frau bei einer Nachbarin meiner Mutter in Untermiete. Elbe hatte ebenso wie meine Mutter eine Anstellung in der damaligen Flugzeugfabrik gefunden. Ich war ein kleiner Junge und kann mich natürlich an vieles nicht mehr erinnern. Herr Elbe war groß und wirkte auf mich sehr vornehm. Seine Frau sah neben ihm aus wie ein Kind. Ich hatte ein wenig Angst vor Herrn Elbe und wagte nicht, mit ihm zu sprechen.

Er verstand unseren Dialekt nicht, lachte nie, auch nicht, wenn seine Frau lachte. Ich erinnere mich, dass er einen langen Mantel trug, einen Trenchcoat, würde man heute wohl sagen.

Stört es dich, wenn ich eine Zigarette rauche, unterbrach der alte Herr seine Erzählung. Aber nein, erwiderte seine Frau, rauch ruhig. Und nachdem ihr Mann eine Zigarette gedreht und angezündet hatte, fuhr er fort. Frau Elbe war Tänzerin, eine Frau mit zartem Körper, dunklem Haar und Augen, die fast schwarz wirkten. Ich sehe sie vor mir, wie sie in der Küche der Nachbarin Tanzschritte und Figuren übte. Ich sehe sie sogar sehr genau vor mir, obwohl ich ein Kind war und mich wirklich nur noch an einzelne Momente erinnere. Frau Elbe ging oft mit mir spazieren, im Gegensatz zu ihrem Mann hatte sie keine Arbeit. Wir gingen immer an den Fluss. Dort spielte ich am Ufer, während Frau Elbe im Gras saß und rauchte oder leise vor sich hin sang. Manchmal saß ich auch neben ihr und schaute wie sie über den Fluss. Dort sah man hin und wieder Männer in Uniform mit geschulterten Gewehren am Ufer entlanggehen. Es waren Grenzwächter, denn über dem Fluss begann die Schweiz.

Der alte Mann schwieg. Zog noch einmal an seiner Zigarette, drückte sie dann aus. Erzähl doch weiter, bat ihn seine Frau. Ja, sagte er, doch er blieb still. Schaute über den See. Als sich erneut ein Zug näherte, sah er auf die Uhr. Gleich zehn Uhr, bemerkte er, pünktlich heute. Meinte den Personenzug, der aus Deutschland kommend in die Schweiz fuhr, am Hauptbahnhof sieben Minuten Aufenthalt hatte. Weißt du, sagte der alte Mann schließlich leise, ich muss immer wieder an den Hund denken, du weißt schon, Kerk. Ach, du mit deinem Kerk, antwortete seine Frau. Du tust ja gerade so, als wäre ein Mensch gestorben. Wie er mich immer angeschaut hat, sagte ihr Mann. Klar hat er dich angeschaut, du hast ihn ja immer mit Hundekeksen bestochen. Aber lassen wir das, erzähl mir lieber, wie es mit Herrn und Frau Elbe weitergegangen ist. Ihr Mann seufzte. Ich weiß nicht mehr, wie es mit Herrn und Frau Elbe weitergegangen ist. Frau Elbe war eines Tages verschwunden. Man vermutete, dass sie sich entweder im Fluss ertränkt hatte oder in die Schweiz geflüchtet war. Jedenfalls ist sie nie mehr zurückgekommen. Und ein halbes Jahr später verschwand auch ihr Mann. Und du weißt nicht, was damals passiert ist, fragte die Frau. Nein, antwortete ihr Mann, es gab Gerüchte, aber du weißt ja, dass ich nichts auf Gerüchte gebe.

(11) Kaffee mit Susanne

Cora Pohl torkelte nach Hause. Es war fast Mitternacht. Klar, sie hatte ein paar Gläser zu viel getrunken. Dennoch entschloss sie sich, nicht geradewegs nach Hause zu gehen, sondern einen Umweg zu machen. Sie ging durch die schmalen Straßen der Siedlung. Von oben, aus ihrer Wohnung im 7. Stock, schaute sie oft hinunter auf all die kleinen Häuser, von denen die meisten von ebenso kleinen Gärten umgeben waren. Manche aber auch von größeren. Wie das Haus, das sie sich in dieser Nacht etwas genauer anschauen wollte. Es war in den Hang gebaut. Ein riesiges Haus. Die meisten Häuser in dieser Straße waren groß. Groß und modern. Oder alt und groß, aber frisch renoviert. Mehrere Häuser hatten Swimmingpools. Im Sommer sah sie von ihrem Balkon aus Kinder, die im Wasser herumtobten, und Frauen in Liegestühlen neben den Pools. Sie wirkten wie Spielzeugfiguren, die sich bewegten.

Das Haus, das Cora meinte, war wirklich groß. Es war in einem Stil erbaut, den sie aus amerikanischen Filmen kannte. Cora schaute gerne Filme. Oft lieh sie sich welche aus. Liebesfilme und Kriminalfilme. Am liebsten amerikanische Filme mit großen Stars. Cora hatte inzwischen einen Schluckauf, der das Hallen ihrer Schritte auf dem Asphalt fast übertönte. Jedenfalls hatte das Haus einen Pool. Gleich würde sie es sehen. Benjamin hatte ihr von der riesigen Küche erzählt. Die haben zwei Herde und eine Hausangestellte, hatte er gesagt. Wozu zwei Herde, hatte sie gefragt. Weiß ich nicht, aber einen Herd, den kann man richtig einheizen, mit Holz und so. So ein Quatsch, hatte Cora gesagt, wer heizt denn heute noch mit Holz. Manche Gerichte gelingen eben besser auf richtigem Feuer, hatte Benjamin gesagt. Na, da kennt sich aber einer aus, hatte sie geantwortet.

Jetzt musste sie auch noch dringend aufs Klo. So dringend, dass sie stehen blieb, die Beine übereinander presste, eine Hand dazwischen schob, bis der Druck etwas nachließ. Ich geh mal zum Radweg, murmelte sie, da gibt es sicher ein paar Büsche. War ja wohl kaum mehr jemand unterwegs. Die meisten Häuser komplett dunkel. Nur die Hauseingänge waren beleuchtet. Vor dem Radweg, auf der Rückseite der Garagen kurz vor der Müllstation, stolperte Cora ins Gebüsch, pinkelte, erwischte dabei die Schuhe. Ist ja auch egal, sagte sie, stolperte beim Aufstehen, zog die Unterhose im Stehen hinauf. Ein Zipfel ihres Kleides blieb in der Hose stecken, was sie aber nicht gleich bemerkte. Erst als sie zwei Typen auf Fahrrädern überholten, sie anpöbelten und lachten und herumschrien, begriff sie, dass etwas nicht stimmte, tastete sich ab und zog das Kleid aus der Hose. Idioten, schrie sie, haut bloß ab, aber die beiden waren schon verschwunden. Seltsam, wie die Stimmen über dem Radweg hallten. Als würden sie wie eine Welle über die große Wiese rollen, sich oben am Hang überschlagen und wieder zurückrollen.

Dann sah Cora das Haus. Licht brannte keines. Die schlafen, dachte sie. Vater und Sohn glücklich vereint unter einem Dach. Glücklich oder nicht. Aber immerhin unter einem schönen Dach. Wie hieß der Bursche nochmal? Johannes oder so ähnlich. Und keine Mutter im Haus. Was ist mit der Mutter?, hatte Cora gefragt. Und erfahren, dass die Eltern von Bennys neuem Freund geschieden waren, dass er keine Geschwister hatte, dass der Vater Chef in irgendeiner Firma war. In welcher Firma, hatte sie gefragt. Weiß ich nicht. Warum weißt du das nicht, du weißt doch sonst alles? Weil Joachim nicht gewusst hat, wo sein Vater arbeitet. Joachim, genau. Nicht Johannes. Cora sah hinauf zur Terrasse. Es war eine Riesenterrasse mit einer weißen Holzbalustrade und weißen Säulen dazwischen. Die Einfahrt war so breit, dass drei Autos nebeneinander parken konnten. Gepflastert. Cora stützte sich auf die Mauer neben der Einfahrt. Jetzt war ihr auch noch schlecht. Gleich musste sie kotzen.

Sie ging dann schneller, stolperte nicht mehr so oft. Als das Hochhaus in Sicht kam, sah sie hinauf. Licht. Shit, dachte sie. Entweder war er noch auf, oder er hatte vergessen, das Licht auszumachen. Falls er schlief, konnte sie am nächsten Morgen schummeln. Ich weiß nicht, wie spät es war, hab nicht auf die Uhr geschaut, würde sie sagen. Hab mich ein wenig verplaudert gestern Abend. War mit Susanne auf einen Kaffee. Danach haben wir noch ein Gläschen Sekt getrunken. Susanne hatte Geburtstag. Ja, genau.

(12) Der Sommer ist vorbei

Ich habe eine seltsame Beobachtung gemacht. Ich saß auf meinem Balkon, trank ein Glas Wein. Rauchte. Ich liebe meinen Balkon. Unten sehe ich das Haus, in dem ich letztes Jahr noch gewohnt habe. Ich bin nicht traurig, dass ich nicht mehr dort wohne. Hier geht es mir gut. Ich muss keinen Garten pflegen. Die Fenster sind wesentlich einfacher zu putzen. Ich halte die Wohnung sauber, während im Haus nur Unordnung herrschte. Auf dem Balkon ist genügend Platz für einen Tisch und zwei Korbstühle, ein paar Blumentöpfe mit Kräutern und Hortensien. Ich liebe Hortensien. Sie brauchen viel Wasser. Ich sollte mir an ihnen ein Beispiel nehmen. Ich trinke zu wenig Wasser, zu viel Wein. Mein Balkon ist überdacht. Der Boden des Balkons über mir bildet das Dach. Auf einer Seite sehe ich weit über das ganze Tal bis zu den Bergen. Dort ist der Süden. Ich habe viele Länder im Süden bereist. War in Kenia, in Sizilien, in Kroatien, auf Kreta, in Rom, in Istanbul, in Triest, in Marrakesch. Nachdem ich vom Süden genug hatte und die Hitze nicht mehr ertrug, bereiste ich viele Länder und Städte im Norden. Helsinki, St. Petersburg, Hamburg, London. Ich war an der Ostsee, in Mecklenburg-Vorpommern, Wismar, Wustrow, Ahrenshoop, Güstrow. Ich war in Amerika. New York, New Haven, Plymouth, Provincetown. Ein Freund von mir hat ein Haus in Kanada. In Nova Scotia. Ich habe ihn nie besucht. Manchmal schaue ich mir die Gegend an. Es gibt eine Webcam, die auf den Peggy's Cove Leuchtturm gerichtet ist. Ich starte den Computer, logge mich ein, klicke auf die Webcam. Ein weißer Lieferwagen fährt langsam die Straße hinauf. Zwei ältere Männer, einer in einem Hawaiihemd und mit weißer Schildkappe, der andere mit beiger Schildkappe, unterhalten sich im vorderen Teil des Bildes. Ein dunkelroter Van kommt langsam um die Kurve. Eine Frau in Shorts, Leopardenjacke und Flip-Flops hat einen Fahrradhelm auf und überquert die Straße. Eine junge Frau trägt ein Kind, ein Mädchen auf den Schultern. Sie biegt in den Weg zum Leuchtturm ein und übergibt das Kind einem Mann. Jetzt biegt ein grauer Kombi ins Bild. Man sieht ein Stück Meer mit hohen Wellen. Das Wetter ist trüb, aber es regnet nicht. Es ist kurz vor zwölf Uhr mittags in Peggy's Cove, während es bei uns kurz vor fünf Uhr nachmittags ist. Es hat 19,7 Grad, bei uns beträgt die Temperatur nach einem Kälteeinbruch mit tagelangem Regen nur 18 Grad. Es ist Dienstag, der 2. September. Der Sommer ist vorbei.

Ich saß auf meinem Balkon. Trank ein Glas Wein. Gestern Abend. Ich trug eine Strickjacke und hatte mich zusätzlich in eine Decke gehüllt. Die Seite meines Balkons, die von oben und vom nächsten Balkon aus einzusehen wäre, ist mit einer Kletterpflanze zugewachsen. Wenn ich mich etwas vorbeuge, sehe ich auf den Balkon schräg unter mir. Manchmal sehe ich dort einen Mann. Ich sah ihn auch gestern Abend. Er beobachtete mit einem Fernglas eine Frau. Ich kenne sie vom Sehen. Sie lebt in einem Einfamilienhaus unten an der Straße, die in die Siedlung führt. Die Frau saß auf einer Couch, die durch das Fenster zu sehen war. Man sah nur die hochgelagerten Beine der Frau und einen Teil ihres Körpers. Die Frau strickte. Das Licht einer Lampe fiel auf ihre Strickarbeit. Der Kopf der Frau war nicht zu sehen. Sie strickte und sah fern. Man konnte das Flimmern des Fernsehers hinter dem Fenster erkennen. Ich beobachtete den Mann mit dem Fernglas und die Frau, die er beobachtete. Dem Mann war ich schon mehrmals begegnet. Einmal war ich im Lift mit ihm ins Erdgeschoss gefahren. Ich war zuerst im Lift, grüßte, als er zustieg. Er nickte, wandte mir dann den Rücken zu. Ich starrte auf seinen Hinterkopf, der glatt rasiert war. Ich sah die Wülste im Nacken über der Jacke. Dieselbe Jacke, dunkelgrün und dick wattiert, trug der Mann gestern auf dem Balkon. Dieser Mann hat Piercings in den Ohren. Aus dem Ausschnitt seiner Jacke ragt ein Teil einer Spinnennetztätowierung. Man sieht die Spinne nicht, aber man kann sie sich vorstellen. Sie muss sich ungefähr auf dem Schulterblatt befinden. Der Mann verschwand gestern Abend, nachdem er die Frau eine Weile beobachtet hatte. Ich glaube, er arbeitet nachts.

Das Reisen ist mir mit der Zeit zu anstrengend geworden. Ich bin gereist, um Reportagen über andere Länder zu schreiben. Auf meinen Reisen habe ich geschrieben und fotografiert. Inzwischen lebe ich von einer Pension und einem Kapital, das sich aus früheren Arbeiten und dem Hausverkauf angehäuft hat. Es ist nicht besonders groß, aber ich kann mir ein angenehmes Leben leisten. Ich lebe mit meinem Hund in der Wohnung. Wir machen jeden Tag Spaziergänge oder kleine Wanderungen. Manchmal fahren wir mit dem Zug in eine andere Gegend. Ich fotografiere noch immer gern und beobachte die Natur, die Gegend, die Menschen. Der zweite Korbstuhl auf meinem Balkon ist nur selten besetzt. Mein Hund ist sechs Jahre alt. Gesund und kräftig.

(13) Supergregg

Tom war wieder in der Stadt. Er hatte sich nicht groß verändert, die Haare waren etwas länger, die Stimme noch kräftiger. Tom war schlaksig, hatte schmale Glieder, ein Gesicht mit dunklen, eng stehenden Augen. Die schwarzen, lockigen Haare hingen in die Stirn, ringelten sich über Ohren und Kragen. Sein Mund war voll und breit, die Lippen stark geschwungen. Man hätte in Tom ein eher zartes, feinfühliges Wesen vermuten können, wäre nicht die große, stark gebogene Nase gewesen und die laute Stimme. Beides, Nase und Stimme, hatte Tom von seinem Vater. Das hörte er nicht gerne.

Tom beobachtete seine Mutter. Sie schnitt im Garten die Rosen. Sie trug einen Strohhut und eine Sonnenbrille. Ihre widerspenstigen Haare quollen unter dem Hut hervor. Tom hatte sich umgezogen, ging an seiner Mutter vorbei, sprang in den Pool. Schwamm ein paar Längen. Legte sich danach auf eine der Liegen, ohne sich abzutrocknen. Schicke Brille, sagte er, als seine Mutter näherkam. Sie lächelte. Tom hatte ihren Mund. Er schloss die Augen, dachte an die vergangenen Wochen zurück, die er in London verbracht hatte. Er hörte seine Mutter herumwerken, dann war es still. Als er die Augen öffnete, saß sie in seiner Nähe am Gartentisch. Willst du auch eine Limonade?, fragte sie. Tom nickte. Er musste zwischendurch eingeschlafen sein. Die Sonne brannte herab, obwohl es Anfang September war. Die Mutter brachte ihm ein Glas mit einer hellbraunen Flüssigkeit und Eis. Auch eine Zitronenscheibe schwamm darin. Danke, sagte Tom. Vom See herauf war der Lärm eines Motorboots zu hören, das seine Fahrt beschleunigte und in rascher Folge hart auf den Wellen aufschlug. Aua, sagte Tom. Seine Mutter lachte. Na, wie war's in London?, fragte sie. Ich habe einen Filmproduzenten kennengelernt, antwortete Tom. Besser gesagt, den Sohn des Produzenten der James-Bond-Filme. Seine Mutter lächelte. Sie fragte nie sehr viel. Überließ es den anderen, ob sie sich ihr mitteilen wollten oder nicht. Er heißt Gregg, sagte Tom. Wir sollten ihn einmal einladen. Klar, erwiderte seine Mutter, mach das.

Wo ist Paps?, fragte Tom. Wieder in Wien, antwortete seine Mutter. Du solltest froh sein, dass du ihn los bist. Sie nickte. Es geht mir gut. Wirklich? Wenn ich es sage. Du solltest nicht hier bleiben. So allein im Haus. Ich bin ja auch bald wieder weg, sagte Tom, und Nadja siehst du auch nicht jeden Tag. Ist auch besser so, erwiderte die Mutter. Tom lachte.

Habt ihr euch noch immer so in den Haaren?, fragte er. Was heißt in den Haaren?, erwiderte seine Mutter. Ich habe es einfach satt, mir ständig anhören zu müssen, was ich alles falsch gemacht habe. Du hast gar nichts falsch gemacht, Mom. Sie sieht das anders. Und wenn schon. Was vorbei ist, ist vorbei.

Mommy. Tom hatte seine Limonade ausgetrunken. Die Mutter hatte sich kurz ausgeruht, war inzwischen aber schon wieder bei den Rosen. Ja? Gregg, du weißt schon, der Sohn des Filmproduzenten. Ja? Er hat mich nach Kalifornien eingeladen. Seine Familie lebt die meiste Zeit dort. In einem Haus in der Gegend von Los Angeles. Das Grundstück ist so groß, dass sie frei laufende Hunde halten, um die Coyoten abzuwehren. Bring mir bloß keinen kalifornischen Hund mit, sagte die Mutter. Tom stand auf. Schlenderte zum Hundegrab am Ende des Gartens. Blieb eine Weile davor stehen. Als er wieder zurückkam, sagte er, ich werde nicht lange bleiben. Und als seine Mutter nicht antwortete: Ich geh nach Berlin. Was willst du dort?, fragte sie. Ich habe eine Geschäftsidee. Soso. Könnte eine gute Sache werden. Na, dann mach mal. Kommst du mich hin und wieder besuchen? In Berlin? Ja, in Berlin. Klar, mach ich doch gern. Was hast du in nächster Zeit vor, Mom? Bleibst du hier? Ich werde ein bisschen reisen. Venedig, Glyndebourne, da gibt es eine interessante Opernproduktion, Wien. Finde ich gut, sagte Tom, lass es dir richtig gut gehen. Lass es krachen.

Sie schwiegen eine Weile. Die Sonne stand jetzt tiefer. Toms Mutter hatte den Korb mit den abgeschnittenen und verwelkten Rosen abgestellt. Sie nahm den Strohhut ab, wischte sich den Schweiß vom Gesicht und aus dem Nacken, schenkte sich Limonade ein und trank. Ma, du wirst doch nicht sterben, oder?, fragte Tom. Sie schüttelte den Kopf. Wieder schwiegen sie eine Weile.

(14) Masarek schreibt einen Brief

Lieber Sohn. Ich möchte dich endlich kennenlernen. Deine Mutter wollte nie mit mir zusammenleben. Sie hat mir vor langer Zeit, etwa zwei Jahre nach deiner Geburt, als ich sie zufällig auf der Straße traf, zu verstehen gegeben, dass ich nicht der Vater bin, den sie sich für ihr Kind vorgestellt hat. Ich konnte sie damals immerhin zu einem gemeinsamen Treffen überreden. Wir trafen uns auf einem Parkplatz am See. Das ist Marcel, sagte sie. Hallo, sagte ich, ich bin Paul. Was machen wir, fragte sie? Wir mieten uns ein Tretboot und fahren hinaus, sagte ich. Ich hatte mir überlegt, was man mit einem Kind in deinem Alter unternehmen könnte. Während wir Richtung Bootsverleih gingen, sah ich dich immer wieder an. Suchst du nach einer Ähnlichkeit mit dir?, fragte deine Mutter. Sie lachte auf eine Art, dass ich mir dumm vorkam.

Als wir beim Bootsverleih waren, meinte sie, dass du für ein Tretboot noch zu klein wärst, also nahmen wir ein Elektroboot. Wir saßen alle drei auf der vorderen Bank, ich am Steuer, deine Mutter außen, du zwischen uns. Er ist wasserscheu, sagte sie. Du warst tatsächlich ein wenig ängstlich, aber die Fahrt schien dir zu gefallen. Als ich deine Mutter kennenlernte, arbeitete sie als Kellnerin in einem Gasthaus. Später habe ich erfahren, dass sie das Gasthaus übernommen hat. Ich bin in den Jahren nach unserem Treffen manchmal davor gestanden. Habe dich aber nie gesehen.

Damals, als wir mit dem Boot auf den See hinausfuhren, erzählte sie mir, dass sie auswandern wolle. Auswandern?, fragte ich. Wohin denn? Australien, erwiderte sie. Oder Neuseeland. Und ihn nimmst du mit?, fragte ich. Ich erinnere mich noch, wie sie lächelte. Für ihn würde ich alles tun, sagte sie und strich dir über die Haare.

Ich wollte euch beide zum Essen einladen, aber deine Mutter lehnte ab. Wenigstens ein Eis, sagte ich, oder ein Glas Sekt. Also gut, erwiderte sie. In einem Gastgarten bestellte ich zwei Gläser Sekt, einen Eiskaffee für deine Mutter und einen Kinderbecher für dich. Du hast so lange in deinem Eis herumgerührt, bis es geschmolzen war. Das Schirmchen aus Papier, das in der Sahne steckte, hast du mitgenommen. Du warst sehr ernsthaft und scheu. Hast kaum gelächelt. Ich hätte dich gerne wiedergesehen. Dich und auch deine Mutter. Ich habe nie geheiratet und außer dir kein Kind. Jedenfalls nicht, dass ich wüsste.

Es fällt mir schwer, dir zu schreiben. Vielleicht werde ich diesen Brief auch nie abschicken. Ich habe deine Mutter und dich dann noch einmal gesehen. Da warst du fünf oder sechs Jahre alt. Es war in einem großen Einkaufsmarkt. Ich beobachtete euch, und mir schien, als hättest du meinen Mund. Ich beobachtete euch und dachte, aus Australien ist also nichts geworden. Aus mir ist auch nicht viel geworden. Ich arbeite für eine Security-Firma und als Türsteher in einem Nachtclub. Falls du mich kennenlernen möchtest, findest du meine Adresse auf dem Briefkuvert. Dein Vater.

(15) Ben

Er stand vor dem Schafzaun. Berührte den Zaun mit einem langen Grashalm, zuckte kaum merklich zusammen, als der Schlag kam. Die Schafe schauten zu ihm her. Zwei kamen näher. Sie hatten keine Eile. Sie kauten. Blieben stehen, um ein neues Grasbüschel auszureißen. Benjamin schlüpfte unter dem Zaun durch. Hockte sich auf einen Steinhügel. Es war feucht dort, obwohl es nicht geregnet hatte. Ben kramte ein in Alufolie eingewickeltes Päckchen aus der Schultasche. Es war sein Pausenbrot. Er hatte es nicht gegessen, weil ihm Joachim einen Teil seiner Jause abgegeben hatte. Eine Banane und einen halben Nussgipfel. Jetzt aber aß Benjamin sein Brot. Am Morgen hatte er zwei Brotscheiben mit Senf bestrichen, zusammengeklappt und in Folie gewickelt. Zum Frühstück hatte er Cornflakes gegessen. Trocken, weil keine Milch im Kühlschrank war. Er hatte die Cornflakes mit Saft hinuntergespült.

Benjamin. Benny. Benniiiii. Benjamin rührte sich nicht. Er schaute nicht zum Hochhaus hinauf, wo seine Mutter auf dem Balkon stand und nach ihm rief. Er aß sein Brot, gab hin und wieder einen Bissen an die Schafe ab, die sich um ihn geschart hatten. Sie standen da, schauten ihn an, während ihre Ober- und Unterkiefer gegeneinander mahlten. Ein Schaf hatte sich neben ihm ins Gras gelegt. Benjamin grub eine Hand in die verfilzte, fettige Wolle, als er mit Essen fertig war. Er wünschte sich schon seit Langem einen Hund. Daran dachte er, als er nun zwischen den Schafen saß. Es sollte ein struppiger Hund sein, der ihm überall hin folgte, ohne Leine. Er stellte sich vor, wie er mit dem Hund in der Stadt unterwegs wäre. Der Hund immer neben ihm. Würde stehen bleiben, sobald er stehen blieb, würde sich für niemand anderen interessieren. Weder für Menschen noch für andere Hunde noch für Katzen. Es sähe so aus, als würde Benjamin den Hund gar nicht beachten. Aber abends vor dem Fernseher läge der Hund auf seinem Schoß. Er würde ihn kraulen, und der Hund würde kleine Grunzlaute von sich geben und Benjamins Hand lecken.

Nach der Schule hatte Benjamin Joachim nach Hause begleitet. Joachim war seit Kurzem sein Freund. Benjamin hoffte, es würde sich herausstellen, dass Joachim ein echter Freund war. Ganz sicher war er sich aber nicht. Als sie zu Joachim nach Hause gekommen waren, hatte die Haushälterin eine Suppe warm gemacht. Sie hatte Benjamin aufgefordert mitzuessen. Esst, hatte sie gesagt, bis zum

Abendessen ist es noch lange hin. Ich glaube, ich habe noch nie so eine gute Suppe gegessen, hatte Benjamin gesagt. Offenbar hatte sich Alice – so hieß die Haushälterin – über seine Bemerkung gefreut, denn sie hatte ihm erklärt, wie man die Suppe zubereitete. Am Sonntag werde ich die Suppe für uns kochen, dachte Benjamin. Er hatte sich genau gemerkt, welche Zutaten er für die Brühe brauchte und in welchem Verhältnis er Milch, Mehl und Eier für die dünnen Pfannkuchen mischen musste. Er würde die Pfannkuchen in wenig Fett herausbraten, dann in dünne Streifen schneiden.

Als die Haushälterin in die Stadt zum Einkaufen fuhr, hatte Joachim wieder Verkleiden spielen wollen. Benjamin hatte nicht recht Lust gehabt, aber er hatte mitgemacht. Joachim trug ein rotes Kleid mit dünnen Trägern. Die Träger waren so lang, dass Joachims Brust zu sehen war. Deshalb hatte sich Joachim einen BH umgeschnallt. Mach mal zu, hatte er gesagt. Mann, der ist dir doch viel zu groß, hatte Benjamin erwidert. Joachim war ungeduldig geworden. Mach halt einen Knoten, mach schon! Ist ja gut, hatte Benjamin gemurmelt. Dann, nach einer Weile: Ich zieh mir aber keine Frauenkleider an. Sollst du auch nicht, du bist ja der Mann. Joachim hatte sich die Lippen rot angemalt, danach hatte er sich mit einem Sektglas, in das er Wasser gefüllt hatte, und einer Zigarette, die er jedoch nicht angezündet hatte, auf das Sofa gelegt. Benjamin musste den Mann spielen, der spät nach Hause kam und seine Frau, die auf dem Sofa lag, küsste. Er sollte sagen: Was hast du den ganzen Tag gemacht, Liebling? Und: Du hast mir so gefehlt. Er musste die beiden Sätze dreimal wiederholen, danach wurde Joachim wütend und rannte ins Bad. Benjamin hatte die Sätze falsch gesagt und dabei gelacht und Joachim auch nicht richtig geküsst.

Später waren sie vor dem Fernseher gesessen. Benjamin hatte zuerst das Glas zurückgestellt, während sein Freund das Kleid, die Stöckelschuhe, den BH und den Lippenstift in einer Kassette in seinem Schrank einschloss. Er hatte Benjamin das Versteck für den Schlüssel gezeigt. Er befand sich in einer Babuschka. So hatte Joachim die bunt bemalte Holzpuppe genannt. Wenn man die Puppe aufmachte, kam eine gleich bemalte etwas kleinere zum Vorschein, und in dieser befand sich eine noch kleinere und so weiter. In der kleinsten Puppe befand sich der Schlüssel.

Ich hätte gerne einen Hund, sagte Benjamin, als sie vor dem Fernseher saßen. Es schien Joachim aber nicht zu interessieren. Erst als Benjamin ihm schilderte, was er mit dem Hund alles unternehmen und was er ihm alles beibringen wollte, hörte Joachim richtig zu. Am besten wäre es, wenn wir beide einen Hund hätten, sagte Joachim. Ich rede gleich heute

Abend mit meinem Vater, damit er mir einen schenkt. Hunde sind kein Geschenk, sagte Benjamin. Was dann?, fragte Joachim. Hunde sind fast wie Menschen, und Menschen kannst du auch nicht einfach verschenken. Aber ich kann mir ja selber keinen Hund kaufen. Es gibt Tierheime, da kann man Hunde abholen. Na, dann holen wir doch dort welche ab. Benjamin hatte nichts mehr gesagt, obwohl Joachim mehrmals fragte, wie sie das nun mit den Hunden machen sollten.

Später hatten sie gemeinsam die Hausaufgaben gemacht. Benjamin hatte seinem Freund die Rechenaufgaben erklärt. Kurz bevor er gegangen war, hatte Joachim noch einmal gefragt, wann sie denn im Tierheim die Hunde abholen sollten. Meine Mutter wird nicht erlauben, dass ich einen Hund halte, hatte Benjamin auf der Treppe gesagt. Aber ich, hatte ihm Joachim nachgerufen, ich darf einen Hund halten. Dann nehme ich einfach zwei Hunde, und einer gehört dir, und den darfst du immer besuchen, und wir gehen jeden Tag mit den beiden Hunden gemeinsam spazieren. Hörst du, hatte Joachim gerufen. Aber Benjamin hatte sich nicht mehr umgedreht.

(16) Menschen und Hunde

Es gibt Menschen, die stehen um fünf oder sechs Uhr auf, weil sie Frühschicht haben oder eine lange Anfahrtszeit zur Arbeit. Erst kurz vor sieben wird es langsam hell. Es regnet nicht und ist auch nicht besonders kalt, obwohl der Oktober fast zu Ende ist. Unten im Vorgarten des kleinen Hauses in der Kurve bellt ein Hund. Er springt am Gitter hoch, weil eine Frau mit einem anderen Hund an der Leine vorbeigeht. Die Frau geht auf dem Gehsteig die Straße hinauf, bleibt manchmal stehen, um den Hund schnuppern zu lassen. In der Nähe der Mülltonnen, im Gras, macht der Hund sein Geschäft. Die Frau zieht ein Säckchen aus der Manteltasche und hebt den Kot auf, macht einen Knoten in das Säckchen und wirft es in einen der Container. Die Sonne ist noch nicht aufgegangen. Es riecht frisch. Irgendwo ist wohl zum letzten Mal in diesem Jahr eine Wiese gemäht worden. Eines der Schafe beginnt zu blöken. Der Hund an der Leine zögert, geht dann widerstrebend weiter.

Jemand stirbt. Nicht in diesem Moment, aber bald. Nehmen wir an, es ist eine Frau. Eine alte Frau, die schon lange krank ist. Jemand sitzt an ihrem Bett und sieht ihr zu. Die alte Frau hat die Augen halb geschlossen, ihr starrer Blick ist nach oben an die Decke gerichtet. Ihre Hände liegen auf der Bettdecke, eine über der anderen. Die Hände muss man sich so vorstellen: Dünne Haut, trocken wie Papier, spannt sich über Finger- und Handknochen, dunkelblaue, teilweise violette Venen zeichnen sich unter der Haut ab, treten an manchen Stellen hervor. Willst du trinken?, fragt die andere Person. Es ist ebenfalls eine Frau. Sie heißt Johanna. Sie ist die Tochter der alten Frau. Die Alte nickt. Johanna schiebt eine Hand unter das Kissen, auf dem der Kopf liegt, das eingefallene Gesicht mit den dunklen Augenhöhlen, den nach innen gezogenen Lippen, dem Mund, in dem sich keine Zähne mehr befinden. Johanna hebt das Kissen mit dem Kopf ein wenig an, führt eine Schnabeltasse zum Mund. Etwas Wasser läuft über das Kinn, ein dünnes Rinnsal bildet sich, sammelt sich in der Halsgrube. Die alte Frau hustet. Es ist kein richtiges Husten, mehr ein Röcheln, ein Rasseln in der Luftröhre.

Manchmal kommt eine Pflegerin ins Zimmer. Bettet die mageren Glieder der Alten um. Schiebt hier ein Kissen unter die Beine, dort eine Rolle an die Seite. Seit wann hat sie nichts mehr gegessen?, fragt Johanna. Die Pflegerin rechnet. Das sind jetzt wenigstens sechs Tage. Sechs Tage. Johanna folgt der

Pflegerin auf den Flur. Sie unterhalten sich. Ich mach dir einen Kaffee, sagt die Pflegerin. Danke. Ich war heute insgesamt acht Stunden bei ihr, wird Johanna am Abend zu ihrem Mann sagen. Das ist wie ein ganzer Arbeitstag. Ja, man kann dir nichts vorwerfen, wird ihr Mann antworten. Oder: Am Ende bist du froh, dass du dich um sie gekümmert hast. Ich werde nicht traurig sein, wenn sie stirbt, wird Johanna dann sagen. Nachts liegt das Telefon neben ihrem Bett. Sie versucht zu schlafen. Liegt stundenlang wach. In ihren Ohren ist ein ständiges Geräusch. Es schwappt, als würde Wasser im Rhythmus ihres Pulses im Kopf Wellen schlagen. Sie hat Magenschmerzen, steht immer wieder auf, um Wasser zu trinken. Das Telefon klingelt nicht. Was habe ich dir gesagt, sagt ihr Mann am Morgen beim Aufstehen, so schnell stirbt sie nicht.

Dann kann Johannas Mutter auch nicht mehr trinken. Ihre Lippen werden nun mit Wattestäbchen, die man in verdünnten Apfelsaft taucht, benetzt. Wieder sitzt die Tochter den ganzen Tag an ihrem Bett. Manchmal sagt die Alte etwas, aber sie ist kaum mehr zu verstehen. Immer wieder hebt sie eine Hand, greift nach unsichtbaren Dingen. Johanna versucht, ihre Hand festzuhalten, doch sie zieht sie weg. Sie wird unruhig. Stöhnt, röchelt. Ihre Hände nesteln an der Decke, greifen immer wieder ins Leere über dem Bett. Mittags kauft Johanna in einem Lebensmittelladen in der Nähe eine Wurstsemmel und ein Stück Kuchen. Sie trinkt Wasser und holt sich zwischendurch auf der Schwesternstation Kaffee. Eine Katze kommt über den Balkon ins Zimmer. Eine hübsche Katze. Hellrotes Fell, weiße Pfoten, weiße Ohrspitzen. Die Alte mochte sie nicht, scheuchte sie jedes Mal aus dem Zimmer, aber jetzt ist niemand da, der sie hinausscheucht. Sie streicht um Johannas Beine, miaut, lässt sich fallen, lässt sich streicheln, kraulen. Dann macht sie es sich auf dem Polstersessel, in dem die Mutter jahrelang tagein, tagaus saß, bequem. Die Balkontür steht den ganzen Tag ein Stück offen. Sobald man sie schließt, riecht es im Zimmer. Es ist ein strenger, beißender Geruch. Er scheint in den Möbeln, in den Wänden, im Bettzeug, in allem zu haften. Eine Pflegerin bringt einen elektrischen Duftspender. Nun riecht es nach Lavendel. Lavendel, sagt Johanna, den Geruch hattest du doch immer gern. Die alten Augen richten sich nur für einen kurzen Moment auf das Gesicht der Tochter. Dann wandern sie wieder zur Decke, bleiben dort hängen, starr an einer Stelle. Am Nachmittag kommt der Pfarrer. Er spricht sehr laut. Seine Stimme ist so eingestellt, als würde er zu Schwerhörigen sprechen oder von der Kanzel herunterpredigen. Er liest einen Text aus der Bibel, spricht ein Gebet, salbt die Sterbende, segnet sie.

Sobald es dämmert, zündet Johanna eine Kerze an. Eine kleine Lampe brennt außerdem auf dem Tisch. Als es dunkel wird, kommt eine Frau. Sie hat Erfahrung darin, bei Sterbenden zu sein. Sie sagt, ich bleibe ein paar Stunden, gehen Sie ruhig nach Hause. Johanna geht. Soll ich später wiederkommen, fragt sie auf dem Flur die Pflegerin, soll ich über Nacht bleiben? Die Pflegerin zuckt die Schultern. Man weiß nichts, sagt sie. Manche ziehen es vor, allein zu sterben. Geh ruhig, schlaf dich aus!

Aber auch in dieser Nacht klingelt das Telefon nicht. Johanna schläft ein paar Stunden. Früh treibt es sie aus dem Bett. Sie wäscht sich, zieht sich an. Macht Frühstück. Ein Teller fällt ihr aus der Hand. Zerspringt am Boden. Die Splitter sind weit verstreut. Sogar unter dem Schrank liegen welche. Es ist ungewöhnlich warm für die Jahreszeit. Der verdammte Föhn, sagt Johanna. Das ist nicht normal. Sie bringt ihren Mann zum Bahnhof. Er fährt weg, wird erst in ein paar Tagen wiederkommen. Auf der Rückfahrt gibt sie Gas. Schimpft vor jeder Ampel, die auf Rot steht. Flucht über Autofahrer, die sich an die Geschwindigkeitsbegrenzung halten. Mann, schreit sie, als ein Auto vor ihr plötzlich abbremst und abbiegt, ohne zu blinken. Mann.

Als sie ins Zimmer kommt, erscheint ihr alles unverändert. Sie nimmt Platz. Rückt den Stuhl näher ans Bett. Sie murmelt etwas. Murmelt vor sich hin.

Mit einer Hand berührt sie eine Wange der Mutter. Dann die Stirn. Schließlich eine Hand. Ist es dir lieber, wenn ich dich nicht berühre?, fragt sie. Leichtes Nicken. Rasch zieht sie die Hand weg. Lehnt sich im Sessel zurück, rückt ein Stück vom Bett ab, streckt die Beine aus. Erinnerst du dich an unseren Hund?, sagt Johanna. Sie spricht leise, weiß nicht, ob die Mutter sie versteht. Puck hat er geheißen. Er hatte ein schwarzes, krauses Fell, schwarze Augen. Schwarze Knopfaugen und eine schwarze Knopfnase. Er konnte lachen. Dann sah man das Weiße in seinen Augen und die schneeweißen Zähne. Er war ein lustiger Hund. Sammelte Müll, verschwand manchmal tagelang, wälzte sich im Misthaufen des Bauernhofs. Er schlief in meinem Bett, auf meinen Füßen, in meinen Armen, er war ja nicht sehr groß. Wenn ich weinte, weinte er mit. Er war noch nicht alt, als er starb, und er war vollkommen gesund. Als er starb, war ich in einem Ferienheim in den Bergen. Ich hatte Heimweh nach Puck, nach dem Haus, nach der Großmutter. Als ich endlich wieder zu Hause war, suchte ich Puck. Ich rief nach ihm und suchte. Ich fragte die Großmutter. Er ist tot, sagte sie, Tiere sterben eben. Aber ich glaubte ihr nicht.

Erst Jahre später, als ich schon halbwegs erwachsen war, erfuhr ich von der Großmutter, was wirklich geschehen war. Sie hat den Jäger angerufen, sagte sie. Sie hat mit dem Hund im Garten auf ihn gewartet. Der Jäger hat den Hund an der Leine gehalten, während sie ins Haus ging. Dann hat er ihn in einen Sack gesteckt und erschossen. Ich bin hinter dem Vorhang gestanden und habe zugesehen.

Jetzt wird die Alte unruhig, atmet schwer, keucht. Es ist kein richtiges Keuchen, dazu hat sie nicht mehr die Kraft. Mehr ein Ächzen. Schweiß bildet sich auf ihrem Gesicht. Glänzender Schweiß, dick wie eine Cremeschicht. Johanna taucht ein frisches Stäbchen in die Tasse, in der sich verdünnter Apfelsaft befindet. Benetzt damit die kaum mehr vorhandenen Lippen. Bald wird die alte Frau ruhiger. Sie schwitzt nicht mehr. Noch einmal legt Johanna eine Hand auf die Hände der Alten. Dann kommt ein Arzt, klebt ein Pflaster auf ihre Brust. Es wird Mittag, Nachmittag, Abend. Sie bewegt sich nicht mehr, gibt kein Zeichen, dass sie etwas sieht, hört oder versteht. Johanna sitzt im Zimmer, bis es dunkel wird. Sie schweigt. An diesem Abend geht sie, ohne zu fragen, ob sie in der Nacht wiederkommen soll. Sie fährt nach Hause. Telefoniert mit ihrem Mann. Es stürmt, sagt sie, es stürmt so heftig, dass ich Angst habe, das Dach fliegt davon. Heute Nacht wird sie sterben, sagt ihr Mann. Johanna trinkt Wein. Ein Glas, zwei Gläser, drei Gläser. Dann geht sie ins Bett, schläft sofort ein. Als das Telefon klingelt – die Pflegerin sagt ihr, dass die Mutter gerade gestorben ist –, zieht sie sich wieder an. Die regennassen Straßen sind voller Blätter. Ganze Äste hat der Sturm von den Bäumen gerissen, Müllsäcke, für die Abholung am Morgen vor die Tür gestellt, liegen aufgerissen auf der Fahrbahn. Im Zimmer, in dem die Mutter gestorben ist, brennt das Deckenlicht. Die Balkontür steht offen. Der Sessel, in dem die Mutter manchmal in der Sonne saß, liegt umgestürzt am Boden. Die Pflegerin sagt, als ich auf meinem Kontrollgang ins Zimmer gekommen bin, hat sie gerade aufgehört zu atmen. Du kannst dich jetzt von ihr verabschieden, danach richte ich sie schön her. Danke, sagt Johanna. Sie steht am Bett, berührt die Stirn der Toten. Das Gesicht wirkt gelb im hellen Licht. Die Augen sind geschlossen. Eine Spange stützt das Kinn, damit es nicht nach unten klappt.

(17) Sie nannte ihn Jimmy

Ritter stand an der Bar. Gerade hatte er sich noch gelangweilt und beschlossen, gleich wieder zu gehen, als eine Frau, mit der er hin und wieder eine Nacht verbracht hatte, das Lokal betrat. Begleitet wurde sie von einer anderen Frau, die etwa gleich alt sein mochte wie Ritters Bekannte. Ritter hatte sie noch nie gesehen, fand sie auf den ersten Blick nicht übermäßig attraktiv, musterte sie aber dennoch von oben bis unten. Es war einfach seine Art, Frauen anzuschauen, meistens dachte er sich gar nichts dabei. Natürlich gab es Frauen, die Ritter von vornherein gar nicht beachtete, die er einfach übersah. Dicke Frauen gehörten dazu, dicke junge Mädchen, übergewichtige Frauen jeden Alters. Die Frau, die mit seiner Bekannten gekommen war, war schlank. Blond und schlank. Sie hat eine lange Nase, deshalb wirkt sie intelligent, dachte Ritter. Er schaute ihr auf die Brüste, stellte sie sich ohne BH erheblich kleiner, flacher vor. Weiter kam er nicht. Die Bekannte hatte ihn entdeckt, hob eine Hand mit drei ausgestreckten Fingern in seine Richtung. Verzog die Oberlippe zu einem schiefen Lächeln, Ritter hob sein Glas. Stellte es aber, ohne zu trinken, wieder ab und ging Richtung Toilette. Als er zurückkam, steuerte er geradewegs auf den Tisch zu, an dem die beiden Frauen Platz genommen hatten. Setzte sich, ohne dass er dazu aufgefordert worden war.

Noch in derselben Nacht wurden Marcel Ritter und die blonde Frau ein Paar. Ein Paar, das nicht wirklich zusammenpasste. Nicht, weil sie älter war als er. Es waren wohl mehr die unterschiedlichen Temperamente und die Art, wie sie sich benahmen, sobald sie gemeinsam irgendwo auftauchten. Sie zurückhaltend, leise sprechend, aber mit gutem Ausdrucksvermögen, modisch, aber nicht auffallend gekleidet, eine Frau, die erfahren und trotzdem ein wenig kindlich wirkte – und Ritter, ihr jüngerer Begleiter, sich seines attraktiven Äußeren bewusst, aber dennoch eckig, fahrig, oft ungeschickt. Die Stimme laut, Hände, Kopf, Füße immer in Bewegung, immer etwas zu schnell, zu unbeholfen. Er stieß an, stolperte, warf Dinge um. Auch an jenem Abend, als er sich zu den beiden Frauen an den Tisch setzte, kippte eines der Sektgläser um und der perlende Inhalt schwappte über den Tisch. Dabei hatte er sich lediglich eine Zigarette angezündet, die Packung anschließend den beiden Frauen hingehalten. Ritters Bekannte, Nicole, hatte sich ihm gegenüber nicht gerade herzlich verhalten. Weder hatte sie ihn begrüßt noch die beiden einander vorgestellt. Sie hatte auch keine der angebotenen Zigaretten genommen. Die blonde Frau schon. Und sie war es auch, die den Tisch mit Ritter gemeinsam einigermaßen trocken gewischt hatte, während Nicole nur zugeschaut und danach demonstrativ eine ihrer Zigaretten aus der Packung gefischt und angezündet hatte. Ritter hatte der blonden Frau Feuer gegeben und dabei leicht gezittert. Sie hatte bemerkt, dass seine Hand zitterte, so wie sie Nicoles ablehnende Haltung Ritter gegenüber bemerkte. Sie trank vom Wasser und verschluckte sich. Hustete. Ritter fragte lachend, ob er klopfen solle. Sein Blick war unablässig auf sie gerichtet, seine Augen wirkten wässerig, und auch ihre Augen tränten. Entweder vom Husten oder von Ritters Blick. Es wurde gesprochen, aber die blonde Frau hätte im Nachhinein nicht sagen können, worüber. Ritter ließ eine Runde Sekt kommen, sie stießen miteinander an. Ritter sagte: Marcel, sie sagte: Gloria. Nicole sagte: Nicole, und alle lachten. Gloria war froh, dass Nicole nicht mehr so ablehnend war. Sie war aufgeregt, lachte zu laut, zu hektisch, zu schnell. Es war ihr bewusst, störte sie aber nicht. Sie war an diesem Abend, wie sie war. Vielleicht spürte sie, dass sie sich vor Ritter nicht verstellen musste. Sie würde ihn Jimmy nennen, nicht Marcel. Ich mag meinen richtigen Namen nicht, würde er sagen.

Ritter hatte eine seltsame Art zu lachen. Sein Mund wurde dabei schief. Meistens hatte er eine Zigarette im Mundwinkel, wenn er lachte. Rauch stieg ihm in die Augen, er blinzelte. Aber auch ohne Zigarette wirkte sein Lachen schief. Später würde Gloria bemerken, dass er schief lachte, um einen schlechten Zahn zu verbergen. Sie würde außerdem bemerken, dass seine Hände immer ein wenig zitterten. Später würde sie sich manchmal für ihn genieren. Einmal nahm sie ihn mit in eine Theaterprobe. Eine Bekannte, die im Büro des Stadttheaters arbeitete, hatte ihr den Besuch ermöglicht. Gloria liebte das Theater. Sie war sogar Mitglied einer Laienspielgruppe gewesen. Aber nur kurz. Es fiel ihr schwer, sich in einer Menschengruppe wohlzufühlen, ungezwungen mit anderen umzugehen. Ritter saß neben ihr in einer Reihe hinter dem Regieplatz. Er war unruhig. Rutschte auf seinem Stuhl herum, schaute sich im halbdunklen Zuschauerraum ständig um, gähnte, seufzte laut, umarmte Gloria, versuchte sie zu küssen, stemmte die Knie gegen die Stuhllehne vor sich, biss laut und krachend in einen Apfel, den er aus Glorias Tasche geholt hatte.

Die meiste Zeit war Gloria mit ihm allein. So wie in der ersten Nacht, nachdem sie aufgebrochen waren. Draußen vor der Bar hatte er seine Hand an ihre Wange gelegt. Sie hatten auf Nicole gewartet, die noch auf die Toilette gegangen war. Es war wohl kalt gewesen. Winter. Womöglich hatte es geschneit. Er war einen halben Meter von ihr entfernt gestanden und hatte in seine Hände geblasen. Dann hatte er eine Hand ausgestreckt und an ihre Wange gelegt. War aber nicht näher gekommen. Nicole hatte beim Herauskommen seine Hand an ihrer Wange gesehen. Musste sie gesehen haben. Sie hatte sich verabschiedet. Kurz und nicht besonders herzlich. War davongestapft. Gloria spürte, dass Nicole wütend war. Sie wusste auch, warum, doch es war ihr egal. Sie spürte seine Hand an ihrer Wange, legte ihr Gesicht hinein, dann gingen sie nach Hause. In ihre Wohnung. Am nächsten Morgen hatte sie sich krankgemeldet. Zwei Tage und Nächte lang hatten sie die Wohnung nicht verlassen. Ritter bekam einen Schlüssel. Blieb ein paar Monate.

Wenn sie zur Arbeit ging, schlief er meistens noch. Wenn sie abends nach Hause kam, hatte er gekocht. Anfangs zumindest. Er hatte nicht eingekauft, sondern aus dem, was er in der Küche vorfand, etwas zusammengemixt. Es gab Salat und Nudeln. Gebratene Kartoffeln mit Ei. Nudeln mit Ei. Als die Eier aufgebraucht waren, machte Gloria einen Großeinkauf. Er begleitete sie, legte Lebensmittel und Getränke, hauptsächlich Wein und Bier, in den Einkaufswagen. Gloria bezahlte. Ihr Liebesleben spielte sich meist im Dunkeln ab. Nicht sie, sondern er löschte das Licht, sobald sie ins Bett gingen. Manchmal ließ Gloria die Vorhänge offen. Dann fiel das Licht der Straßenlaternen und der Schienenbeleuchtung ins Zimmer, und Gloria sah sein Gesicht. Nach einiger Zeit bemerkte sie einen übel riechenden Ausfluss. Sie ging zum Arzt, der eine Infektion diagnostizierte, die behandelt werden musste. Ritter hatte sie angesteckt. Als sie erfuhr, dass er für seine Schwester arbeiten sollte, achtete sie darauf, dass er morgens aufstand und zur Arbeit ging. Meistens legte er sich, nachdem sie gemeinsam gefrühstückt hatten und Gloria gegangen war, aber wieder ins Bett. Sie kam dahinter, als sie einmal früher in die Wohnung zurückkehrte, weil sie sich krank fühlte.

Ritters Schwester hatte das Gasthaus übernommen, das früher ihre Mutter geführt hatte. Gloria wollte eines Abends dort essen, und obwohl Ritter sich sträubte, bestand sie darauf. So lernte sie seine Schwester kennen. Sie verstand sich auf Anhieb mit der resoluten Frau, die einige Jahre älter war als sie selbst. Das Gasthaus lag am Rande einer Sozialsiedlung. Es gab ein günstiges Mittagsmenü, abends konnte man Gulasch bestellen, Würstchen oder eine kalte Platte. An den Tischen wurde Karten gespielt, geraucht und getrunken. Einmal rief Gloria im Gasthaus an, weil sie Ritter auf seinem Handy nicht erreichen konnte. Sie sprach kurz mit seiner Schwester. Ich liebe meinen Bruder, sagte die, aber er wird nie die Finger von den Drogen lassen. Er wird dich genauso ausnutzen, belügen und betrügen wie mich und meine Mutter. Das musst du wissen.

Als Ritter an diesem Abend zurückkam, beachtete sie ihn nicht. Er versuchte sie zu umarmen, versuchte, ein Gespräch zu beginnen, plauderte drauflos. Was, fragte sie nach einiger Zeit, was willst du? Er hob die Schultern, lachte. Seine Augen glänzten, sein Lächeln war schief, hektisch fuhr er sich mit einer Hand durch die Haare. Gloria starrte ihn an. Wo bist du gewesen?, fragte sie. Er grinste. Ist das ein Verhör? Wenn du es so nennen willst, antwortete sie. Ich will wissen, wo du gewesen bist und mit wem du unterwegs warst. Ich bin dir keine Rechenschaft schuldig, erwiderte er. Gloria nickte. Genau, du bist mir keine Rechenschaft schuldig, aber du bist hier auch nicht zu Hause. Wieder lachte er. Etwas zu laut. Ich habe eine eigene Wohnung. Gut, freut mich. Dann geh jetzt!

Aber es war noch nicht vorbei. Er war gegangen, ein paar Stunden später aber wieder zurückgekommen. Es zog sich noch eine Weile hin. Es war Winter gewesen, als alles begann. An einem warmen Märztag – Gloria war bei der Arbeit – legte Ritter beim Hinausgehen den Wohnungsschlüssel auf den Tisch und kam nicht mehr zurück.

(18) Frau Agostini und Hemingway

Es war noch immer Winter. Nachts schneite es, tagsüber taute der Schnee auf den Straßen und Gehsteigen. Doch in manchen Nächten war es so kalt, dass der Schnee mit allen Fuß- und Reifenspuren gefror. Als Herr Agostini die Straße überquerte, knirschte das Eis unter seinen Schuhen, und der Stock, den er als Gehhilfe benutzte, machte klick, klick und rutschte hin und wieder ab.

Keine gute Zeit für uns, Hem, sagte Herr Agostini. Jedenfalls solltest du vernünftig sein und nicht ziehen. Wenn ich stürze, sind wir nämlich beide dumm dran. Was, Hem? Das verstehst du doch? Herr Agostini erhielt keine Antwort, erwartete auch keine, denn der Angesprochene war ein kleiner, struppiger Hund, der aber offenbar gar nicht daran dachte, an der Leine zu ziehen, sondern neben Herrn Agostini her trottete, als hätte er den Ernst der Lage erkannt. Jetzt wird sie aber Augen machen, fuhr Herr Agostini fort. Die Stirn des alten Herrn lag in Falten, während er sprach. Als würde er sich über irgendetwas Sorgen machen. Vielleicht aber auch nur, weil er so konzentriert war, nicht auszurutschen. Hem, Hem, sagte er. Wir beide. Was. Ja. Ja, ja.

Herrn Agostinis Frau war gestürzt und lebte seither in einem Pflegeheim. Sie würde nicht mehr in die gemeinsame Wohnung zurückkehren. Er besuchte sie täglich. Er hatte ja Zeit. Was ist das für ein Hund?, fragte die Frau, die in einem Rollstuhl am Fenster saß. Das ist Hem. Hem, das ist meine Frau. Und wem gehört der Hund?, fragte Frau Agostini. Nun, antwortete ihr Mann, gewissermaßen mir. Er stotterte ein wenig, verhaspelte sich. Du hast dir einen Hund angeschafft, sagte seine Frau, ohne mich zu fragen. Er ist mir zugelaufen, erwiderte Herr Agostini. Ach so, sagte seine Frau, das musst du aber melden, jemand wird ihn vermissen. Habe ich schon gemacht, sagte Herr Agostini. Er wird nicht vermisst, vermutlich wurde er ausgesetzt. Dann musst du ihn ins Tierheim bringen, sagte die Frau, du kannst doch keinen Hund halten. Herr Agostini sah zum Fenster hinaus, während die Augen seiner Frau sehr ernst auf ihm ruhten. Hem, der nur kurz an der Frau im Rollstuhl geschnuppert hatte, saß neben Herrn Agostini und sah unablässig zu ihm auf.

Ohne dass er dazu aufgefordert worden wäre, setzte sich Herr Agostini schließlich in Mantel und Hut auf einen Stuhl in der Nähe der Tür. Wie gut du es hier hast, sagte er und seufzte. Hast ein schönes, warmes Zimmer, bekommst deine Mahlzeiten und musst dich um nichts kümmern. Frau Agostinis Stimme klang streng, als sie antwortete. Die Küche lässt sehr zu wünschen übrig, sagte sie. Sie ist reich an Kohlehydraten und Fett, arm an Vitaminen. Herrn Agostinis Stimme war klein, als er fragte, was es zum Mittagessen gegeben hatte. Heute Mittag, sagte seine Frau, hat es eine Leberknödelsuppe gegeben. Leider war sie nicht mehr richtig heiß, und ich hasse lauwarme Suppen. Danach wurde ein Zwiebelrostbraten serviert, mit viel zu vielen Zwiebeln – fertig geröstete Zwiebel aus der Packung, wenn du mich fragst. Dazu gab es Kartoffelknödel und Apfelkompott, aber kein Gemüse. Früher warst du gar nicht wild auf Gemüse, sagte Herr Agostini. Seine Frau wandte sich ab, drehte am Rollstuhl. Sie war darin nicht sehr geschickt, nestelte daran herum, wobei sich ihre Miene zusehends verfinsterte. Schließlich hatte sie es aber geschafft, den Rollstuhl so zu drehen, dass sie nun Richtung Fenster schaute. Es war ein großes Fenster mit niedriger Brüstung. Von außen sahen die Fenster aus wie Schaufenster. Auf dem langen und tiefen Sims standen blühende Topfpflanzen, Orchideen und kleine Ziergegenstände aus der gemeinsamen Wohnung. Auch eine schöne, alte Kommode, die früher das Wohnzimmer der beiden geschmückt hatte, stand nun hier. Wie ich dich um diesen Ausblick beneide, sagte Herr Agostini. Ich wüsste nicht, was es da zu beneiden gibt, erwiderte seine Frau, den ganzen Tag fahren Autos die Straße hinauf und hinunter. Aber du hast Aussicht auf das Hotel, auf die ankommenden und abreisenden Gäste, sagte Herr Agostini. Und, antwortete seine Frau, was habe ich davon? Wenn ich sie alle kommen und gehen sehe, wird mir umso mehr bewusst, dass ich selbst nicht mehr gehen kann.

Der Hund, der sich neben Herrn Agostini gelegt hatte, wurde nun unruhig. Er wedelte mit dem Schwanz, stellte sich auf die Hinterläufe – er war gerade so groß, dass seine Vorderpfoten Herrn Agostinis Knie erreichten. Ich glaube, Hem muss mal, sagte Herr Agostini und erhob sich ebenfalls. Du willst schon wieder gehen?, fragte seine Frau. Du bist doch gerade erst gekommen. Ja, meine Liebe, aber der Hund. Mit einem Ruck hatte Frau Agostini den Rollstuhl wieder in Richtung ihres Mannes gedreht. Der Hund, sagte sie. Du warst doch gerade noch draußen mit ihm, er wird es schon noch eine Weile aushalten. Hunde müssen nicht ständig auf die Toilette. Herr Agostini wirkte betreten, als er antwortete, ich kenne ihn doch noch nicht so genau. Woher soll ich wissen, welche Gewohnheiten und Bedürfnisse er hat. Außerdem beginne ich zu schwitzen, es ist sehr heiß hier. Dann zieh eben deinen Mantel aus, sagte seine Frau, macht ja auch keinen Sinn, hier im Mantel herumzusitzen. Und während sich

Herr Agostini in sein Schicksal ergab, den Mantel aufknöpfte und Mantel, Schal und Hut auf den Garderobenständer hängte, trottete der Hund zu Frau Agostini, setzte sich neben den Rollstuhl und sah zu ihr auf. Hem, sagte Frau Agostini und betrachtete den Hund zum ersten Mal etwas genauer. Was für ein seltsamer Name. Herr Agostini hatte sich inzwischen zu seiner Frau und dem Hund gesellt, hatte einen Stuhl in die Nähe geschoben und sich gesetzt. Es ist die Abkürzung für Hemingway, meinte er. Hemingway, sagte Frau Agostini, dass ich nicht lache. Wer um alles in der Welt kommt auf die Idee, einen Hund Hemingway zu nennen? Sie schaute ihrem Mann unverwandt ins Gesicht. Du, sagte sie, du hast dem Hund diesen Namen gegeben. So etwas kann nur dir einfallen. Er hatte doch keinen Namen, erwiderte ihr Mann. Und da hast du ihn Hemingway genannt. Du weißt doch, wie gern ich *Der alte Mann und das Meer* gelesen habe, sagte Herr Agostini. Seine Frau nickte. Soll ich uns ein Gläschen Wein einschenken?, fragte er. Warum nicht?, erwiderte sie. Fast schien es, als würde sie ein wenig lächeln oder ein Lächeln unterdrücken. Und der kleine alte Herr machte sich an der Kommode zu schaffen. Er wusste, wo die Gläser standen und die offene Flasche Rotwein, denn er kam jeden Tag, um seine Frau zu besuchen und ein Gläschen mit ihr zu trinken.

(19) Die Mutter des Freundes seines Sohnes

Kommen Sie doch herein, sagte Richard Kleber. Er hatte die Tür geöffnet und stand in einem dunkelroten Pullover mit V-Ausschnitt, aus dem der Kragen eines karierten Hemdes schaute, einer grauen Stoffhose und Lederhausschuhen im Flur. Sein Mund hatte sich zu einem Lächeln verzogen, als er die Frau, der er die Tür geöffnet hatte, erblickte. Er wusste, wer sie war, hatte sie aber noch nie vorher gesehen. Zögernd trat sie ein. Eigentlich wollte ich nur meinen Sohn abholen. Benjamin. Ja, ich weiß, erwiderte Kleber, aber die Jungs sind gerade noch sehr beschäftigt, deshalb würde ich vorschlagen, dass wir beide es uns so lange gemütlich machen. Es ist noch Kuchen da, und wir könnten ein Glas Sekt zusammen trinken. Kommen Sie. Kommen Sie. Ich kann auch gerne später wiederkommen, ich möchte nicht stören, sagte die Frau. Aber Kleber versicherte ihr, dass sie keineswegs störe und dass es sicher kein Nachteil sei, die Mutter des Freundes seines Sohnes endlich einmal kennenzulernen. Er nahm ihr den Mantel ab, hängte ihn über einen Kleiderbügel in der Garderobe. Er ließ sie dabei nicht aus den Augen, weshalb ihm entging, dass das Futter ihres Mantels an mehreren Stellen eingerissen und ausgefranst war. Ihr wiederum entging nicht, wie er sie anschaute und dass er den Zustand ihres Mantels deshalb wohl zum Glück nicht bemerkt hatte. Sie bückte sich, öffnete die Reißverschlüsse ihrer Stiefel. Behalten Sie doch um Gottes willen die Schuhe an, sagte Kleber. Aber sie war bereits aus den Stiefeln geschlüpft, und als Kleber sie in das großzügige Wohnzimmer führte, ging sie auf Zehenspitzen über den flauschigen cremeweißen Teppich, setzte sich auf den ihr zugewiesenen Platz auf der Sofaecke in der Nähe des offenen Feuers. Machen Sie es sich bequem. Und entschuldigen Sie mich einen Moment, ich hole uns etwas zu trinken und ein Stück Kuchen, sagte Kleber. Sie sah sich um. Trommelte mit den Fingern auf die Lederpolsterung der riesigen Couch, die im selben Farbton gehalten war wie der Teppich und die eleganten Stühle, die um einen dunklen Holztisch gruppiert waren. Einen Moment lang war sie versucht, die Füße auf die Sitzfläche zu ziehen, unterließ es aber. Als Kleber mit einem großen Tablett zurückkam, das er unsicher balancierte, musste sie lachen.

Wo sind denn die Kinder?, fragte sie und erfuhr, dass von den Geburtstagsgästen nur Benjamin und Joachim übrig geblieben waren. Sie sehen sich noch einen Film an, sagte Kleber. Ein Geburtstagsgeschenk. Wird noch ein wenig dauern, ich hoffe, Sie haben so viel Zeit. Sicher, erwiderte sie, ich hatte nichts anderes vor, als meinen Sohn abzuholen, damit er im Dunkeln nicht allein nach Hause gehen muss. Kleber nickte. Übrigens, sagte er, ich bin Richard, Richard Kleber. Und Ihr Name ist Cora. So viel hat mir Benjamin bereits verraten. Kleber konzentrierte sich darauf, den Korken der Champagnerflasche zu lösen. Lassen Sie mich das machen, sagte sie, nahm ihm die Flasche ab und entkorkte sie so, dass es knallte, der Korken aber nicht durch die Luft flog und kein Tropfen des schäumenden Getränks danebenging. Sie machen das geradezu professionell, sagte Kleber, was Cora kurz verunsicherte. Aber seine Bemerkung schien durchaus als Kompliment gemeint gewesen zu sein. Sie stießen an, prosteten einander zu. Ich arbeite manchmal aushilfsweise in der Gastronomie, sagte Cora und wunderte sich, wie leicht ihr diese unnötige Lüge über die Lippen gegangen war. Kleber hatte sich ihr gegenüber auf einen Hocker gesetzt, stellte sein Glas ab und schob ihr einen Teller zu, auf dem sich ein Kuchenstück und eine kleine Gabel befanden. Und, sagte Cora, wie war die Party? Ach, erwiderte Kleber, es war keine große Party. Außer Ihrem Sohn waren nur noch eine Cousine von Joachim und ein Junge aus seiner Klasse eingeladen. Mhh, sagte

Cora, die gerade ein Stück Kuchen im Mund hatte. Auch Kleber hatte zu essen begonnen. Ein feiner Kuchen, sagte Cora, hat den Ihre Frau gebacken? Ich habe keine Frau, erwiderte Kleber, ich bin geschieden. Oh, Cora tat erstaunt. Dann lebt Joachim nicht ständig bei Ihnen? Doch, doch, erwiderte Kleber, meine Exfrau hat auf das Sorgerecht verzichtet.

Und während Kleber und Cora ihre Kuchenstücke aßen und Champagner tranken, ging das Gespräch so dahin. Die Klippen, die darin bestanden, dass jeder über den anderen bereits mehr in Erfahrung gebracht hatte, als er vorgab zu wissen, wurden gefahrlos umschifft. Schließlich war die Flasche leer getrunken – der Gastgeber befand sich in einem wesentlich stärker berauschten Zustand als die Mutter des Freundes seines Sohnes –, doch erst als die beiden Jungen auftauchten, bemerkten die Erwachsenen, wie weit die Zeit schon fortgeschritten war. Benjamin betrat zögernd das Wohnzimmer, Joachim blieb hinter ihm in der Tür stehen. Kleber sah auf die Uhr. Na ihr beiden, ihr habt den Film wohl zweimal angeschaut, sagte er und lachte. Hallo Bennii, sagte Cora und strahlte. Kleber erhob sich etwas schwerfällig. Alice hat eine Pizza vorbereitet, sagte Kleber, die muss ich jetzt nur noch ins Rohr schieben. Danke, sagte Benjamin, ich möchte nichts mehr essen. Erst jetzt fiel den beiden Erwachsenen auf, wie blass der Junge war. Ist dir nicht gut?, fragte

Cora. Ich habe Bauchweh und möchte lieber nach Hause, antwortete er leise. Da hat wohl jemand zu viel Süßes gegessen, was, sagte Kleber. Er hatte einen leichten Zungenschlag. Aber nachdem sich Benjamin trotz Coras Einwänden nicht überreden ließ, länger zu bleiben, landeten sie schließlich in der Garderobe. Man zog sich an, verabschiedete sich wortreich – ohne Beteiligung der jüngeren Generation – und übersah die roten Wangen Joachims ebenso wie den rot verschmierten Mund, der in seltsamem Gegensatz zu Benjamins Blässe stand.

(20) Im Winter

Er heißt Wolfgang. Sein Alter: zwischen vierzig und sechzig. Er lebt auf der Straße, schläft in den Wäldern, unter Brücken. Ich habe ihn vor vielen Jahren nach seinem Namen gefragt. Wolfgang, hat er gesagt. Zwei, drei Jahre lang habe ich ihn regelmäßig mit kleineren Geldbeträgen, Esspaketen und Bier versorgt. Jedenfalls, sooft er an meiner Tür geklingelt hat. Damals wohnte ich noch in meinem Haus unten in der Siedlung. Irgendwann habe ich ihn gefragt, ob er mir ein, zwei Stunden im Garten behilflich sein kann. Aber er hatte keine Zeit, wie er sagte. Einmal wollte er eine größere Summe von mir ausleihen. Er sagte, ich bringe das Geld morgen wieder zurück. Doch ich lehnte ab. Einmal saß er vollkommen betrunken mit einer ebenfalls betrunkenen jüngeren Frau auf einer Bank und pöbelte mich an. Irgendwann sagte ich, bitte läuten Sie nicht mehr an meiner Tür, ich werde Ihnen nichts mehr geben. Er hat es danach noch ein paarmal versucht, aber ich bin hart geblieben.

Als ich gestern mit dem Hund an der Bushaltestelle vorbeiging, saß er im Wartehäuschen auf der

Bank. Neben ihm sein Rucksack, in der Hand eine Bierdose. Ein gewohnter Anblick. Ein anderer, der eine Schutzweste mit reflektierenden Streifen trug, stand vor ihm, redete mit ihm. Der mit der Schutzweste sagte, er hat gesagt, ich kann ihn jederzeit besuchen. Verstehst du, ich kann jederzeit zu ihm runter, nach Afrika. Weil der lebt ja da unten. Ja, also, er hat gesagt, ich kann jederzeit kommen. Ist ein guter Freund von mir, wir haben zusammen studiert. Ja, damals haben wir zusammen studiert, verstehst du. Was studiert, warf Herr Wolfgang ein. Kun-Fu, sagte der mit der Schutzweste.

Mehr habe ich nicht verstanden, ich war inzwischen zu weit weg. Ich habe ihn einmal gefragt, warum er nicht in der Notschlafstelle übernachte, und bekam zur Antwort, dass er erstens seine Freiheit liebe, zweitens werde man dort beklaut und drittens würden die meisten schnarchen und stinken. Damals wollte ich ihn fotografieren. Ich sagte, ich mache ein paar Fotos von Ihnen und bezahle Ihnen sogar noch etwas dafür. Er versprach zu kommen, kam aber nicht. Als ich ihn später darauf ansprach, konnte er sich an nichts mehr erinnern. Er erzählte mir von einer Frau, bei der er manchmal übernachte. Er beschrieb mir das Haus, in dem sie mit mehreren hundert Stoffbären und zehn oder zwanzig Katzen lebte. Ein Bär ist so groß wie ein Kind und sitzt mit ihr am Tisch, sagte er. Wieder verabredeten wir uns. Ich sollte die Frau und ihn und die Bären und die Katzen und alles fotografieren. Ich fand das Haus, es war eine abbruchreife Baracke mit Pappe in den Fenstern anstelle von Glas. Natürlich klappte es auch diesmal nicht. Herr Wolfgang war nicht da, und niemand erschien auf mein Rufen. Danach sah ich ihn monatelang nicht mehr. Als er wieder auftauchte, erzählte er mir, er habe ein paar Monate im Gefängnis verbracht. Wegen einer Rauferei. Dann kam er noch ein einziges Mal. Erzählte mir, die Frau mit den Bären sei gestorben. Sie sei an einem Blutsturz gestorben. Er habe sie gefunden. Ihre Hände und Füße seien bereits von Ratten oder Katzen angenagt gewesen.

Ich sehe ihn oft. Meistens sitzt er an der Bushaltestelle, auf der überdachten Bank. Diejenigen, die auf den Bus warten, stehen außerhalb des Wartehäuschens. Sie wollen nicht neben ihm sitzen. Er stinkt. Manche haben auch Angst vor ihm. Ich nicht. Erstens habe ich immer den Hund dabei, zweitens ist er zwar groß, aber auch schwerfällig und langsam. In kalten Nächten stellt er sich manchmal tot. Er liegt dann vor der Bank am Boden, auf dem Asphalt oder im Schnee. Bis jemand die Rettung ruft. Ich bin zufällig einmal vorbeigekommen, als sie ihn holten. Es war nach Mitternacht, sie hoben ihn auf den Transportstuhl, wickelten ihn in Isolierfolie, brachten ihn ins Krankenhaus. Meistens wird er dort nach ein paar Stunden wieder entlassen. Die meisten Sanitäter kennen ihn. Sie nennen ihn Wolfi. Sie lassen sich Zeit, wenn sie ihn holen. Wickeln ihn sorgfältig in die Folie, über deren goldglänzender Oberfläche das blaue Blinklicht des Rettungsautos kreist.

(21) Champagner und Zigaretten

Karin Brandenburg hatte in einem Baumarkt am Stadtrand eingekauft. Auf einem Zettel hatte sie alles notiert, was sie brauchte. Den ganzen Vormittag war sie untätig im Atelier gesessen und hatte gefroren. Zweimal war sie zum Heizkörper gegangen, um zu kontrollieren, ob die Heizung vielleicht ausgefallen war. Doch sie war voll aufgedreht und glühend heiß. Du musst dich ein wenig gedulden, sagte sie zu ihrer Hündin, mein Vorhaben wird einige Zeit in Anspruch nehmen. Sie füllte einen Napf mit Trockenfutter, obwohl sie wusste, dass sie zur gewohnten Fresszeit längst wieder zurück sein würde. In den anderen Napf füllte sie frisches Wasser. Sie überlegte hin und her, ehe sie das Atelier verließ. Überlegte, ob sie jemanden anrufen sollte, um ein Auto auszuleihen. Ich könnte Johanna fragen, dachte sie. Aber Johanna würde Fragen stellen. Wozu brauchst du eine Leiter?, würde sie fragen. Ich möchte eine Lampe an der Decke befestigen, oder: Ich möchte die oberen Fenster putzen, würde sie antworten, aber sie war sich sicher, dass

Johanna ihr sofort ihre Hilfe anbieten würde, und das wollte sie nicht.

Erst vor Kurzem hatte Johanna sie besucht. Hatte angerufen und gefragt, ob sie kommen könne. Ich bringe Kuchen mit, hatte sie gesagt. Sie waren einander in den beiden Korbstühlen am Fenster gegenüber gesessen. Hatten sich angeregt unterhalten. Alles hätte so weitergehen können, hatte Karin später gedacht. Sie hatte Johanna gebeten, sich um die Hündin zu kümmern, falls ihr etwas zustoßen sollte. Was soll dir denn zustoßen?, hatte Johanna gefragt. Bist du krank? Oder fühlst du dich bedroht? Wovor hast du Angst? Ich habe keine Angst, hatte sie geantwortet, es wäre mir nur wohler, wüsste ich, dass für meinen Hund gesorgt wäre, falls mir etwas passieren sollte. Johanna hatte sie nachdenklich angeschaut. Worauf Karin gelacht hatte und von dem berühmten Ast gesprochen hatte, der einem jederzeit aus heiterem Himmel auf den Kopf fallen konnte, und von dem Bus, von dem man überrollt wurde, weil der Fahrer kurz eingeschlafen war. Sie hatte Johanna nicht erzählt, welche Todesarten ihr sonst noch vorschwebten und dass die mit dem Ast und dem Bus ganz bestimmt nicht dazugehörten, weil sie ahnte, dass es ihr nicht gegeben sein würde, überraschend und schicksalhaft zu sterben.

Nachdem Johanna gegangen war, hatte sie eine Flasche Wein aufgemacht. Es war guter und teurer

Rotwein. Mit Johanna hatte sie Champagner getrunken. Champagner?, hatte Johanna gefragt, gibt es etwas zu feiern? Nein, hatte sie lachend erwidert, die Flasche habe ich geschenkt bekommen, und wir sollten sie trinken, bevor sie alt wird. Sie hatte zwei Gläser eingeschenkt, dabei einen Teil verschüttet. Sie hatten miteinander angestoßen. Dann hatte Johanna vom Tod ihrer Mutter erzählt, oder besser, von deren Leben, aber Karin hatte nicht richtig zugehört. Sie trank den Champagner, den sie selbst gekauft hatte, in kleinen Schlucken und versuchte, die Stimmung aufrechtzuerhalten, die sich nicht allein Johannas Anwesenheit, sondern auch dem winterlichen Licht draußen, dem warmen Schein der rosafarbenen Lampe auf dem Tisch und dem Blick auf das Hochhaus verdankte, auf dessen Balkonen sich hin und wieder jemand zeigte. Natürlich hatte sie Johanna nicht gesagt, dass sie erst vor wenigen Tagen gleich ein paar Flaschen Champagner, dazu Tabak und Zigarettenpapier gekauft hatte. Sag bloß, du rauchst wieder, hatte Johanna gesagt, als sie sich eine Zigarette drehte, aber zum Glück nicht weitergefragt, sondern sich ihre Zigarette angezündet und Karin Feuer gegeben. Sie hatten den mitgebrachten Kuchen gegessen. Karin würde sich noch ein paar Tage lang daran erinnern, wie gut er geschmeckt hatte. Sie hatten über alte Schulfreunde gesprochen, denn vor langer Zeit waren sie zusammen zur Schule gegangen. Irgendwann hatte Johanna zum Hochhaus hinaufgeblickt. Siehst du den Mann da oben?, hatte sie gesagt. Der beobachtet mich. Karin hatte hinaufgeschaut. Der Mann trug eine seltsame Mütze und rauchte. Das muss ein totaler Spinner sein, hatte Johanna gesagt. Aber er weiß nicht, dass ich ihn ebenfalls beobachte. Vom Fenster im Dachboden aus sehe ich ihn, ohne dass er mich sieht. Er steht immer mit dieser blöden Kappe auf seinem Balkon, raucht und schaut ungeniert in mein Wohnzimmer.

Seither hatte Karin hin und wieder hinaufgeschaut, wenn sie am Fenster saß. Und ein paarmal hatte sie den Mann wiedergesehen. Immer mit derselben Mütze. Er schien regelmäßig auf seinem Balkon zu rauchen. Untertags jedenfalls. Und auch eine andere Person kam zum Rauchen auf einen der Balkone weiter oben. Eine jüngere Frau mit blonden Haaren. Und eine ältere Frau in einem der oberen Stockwerke, deren Balkon zu den anderen hin durch ein Gerüst, an dem Immergrünes hochwuchs, abgeschirmt war. Wie die Leute rauchen, hatte Karin gedacht und sich selbst eine Zigarette angezündet.

Zu den Todesarten, die sie sich vorstellte, gehörte ein Sprung vom Krankenhausdach auf den betonierten Vorplatz oder von einem Felsvorsprung auf der Rückseite der Burg in den abschüssigen Wald darunter. Die Brücke, die in einer Gegend des Landes über eine tiefe Schlucht führte, war inzwischen mit Netzen gesichert. Zu viele hatten sich in den vergangenen Jahren von dieser Brücke gestürzt, mussten unten im steinernen Flussbett von Feuerwehrleuten und Rettungshelfern aufgelesen werden, während die Bewohner des nahegelegenen Dorfes, darunter auch Kinder, die Bergungsarbeiten beobachteten. Deshalb war ein Netz gespannt worden. Seither hatte es keine Todessprünge mehr gegeben.

Karin nahm die Liste aus der Tasche. Ihre Brille war beschlagen. Ihre Nase fühlte sich feucht an, und noch bevor sie ein Taschentuch entfalten konnte, fiel ein Tropfen auf den Boden. Es war warm in dem Baumarkt, und es roch nach Putzmitteln, Farben und Holz. Ihr wurde plötzlich so schwindlig, dass sie fast das Gleichgewicht verlor und mit dem Kopf an ein Regal stieß. Einen Moment lang glaubte sie, sich übergeben zu müssen. Sie krümmte sich, hielt sich an irgendetwas fest, sah aus den Augenwinkeln ein Paar, das gerade in den Gang zwischen den Regalen einbiegen wollte, sie sah, zögerte, um dann rasch rückwärts wieder zu verschwinden. Sie schwitzte so stark, dass ihr der Schweiß vom Gesicht und von den Händen tropfte. Sie atmete tief ein und aus. Nach einer Weile ging es ihr etwas besser, und nach und nach besorgte sie alles, was auf der Liste stand. Am Ende wartete sie mit einem vollbeladenen Einkaufswagen an der Kassa und fragte sich, wie sie ihre Einkäufe auf dem Fahrrad unterbringen sollte. Kurz dachte sie daran, einen Teil der Waren wieder zurückzubringen, aber die Kassiererin hatte bereits begonnen, die einzelnen Waren zu scannen, und so beeilte sie sich, den Rest auf das Förderband zu legen. Auch eine Topfpflanze, eine weiße Orchidee. Wie unvernünftig sie wieder eingekauft hatte! Wie sollte sie die empfindliche Pflanze an diesem feuchten und kalten Februartag unbeschadet nach Hause bringen? Karin fühlte neuerlich eine Welle von Übelkeit aufsteigen. Gleich falle ich um, dachte sie. Schob die Waren, so gut es ging, vom Förderband wieder zurück in den Wagen, sah, wie die Orchidee umkippte, sah Erde und Rinde aus dem Topf rieseln. Wie wollen Sie bezahlen?, hörte sie die Kassiererin fragen. Es klang so weit weg. Zahlen Sie mit Karte oder bar? Sie klang ungeduldig. Sie klang, als wollte sie keine Probleme haben. Karin riss sich zusammen. Karte, sagte sie. Fischte die Karte aus der Geldtasche, steckte sie in den Automaten, tippte den Code ein, nahm die Rechnung entgegen. Schob den Wagen Richtung Ausgang. Draußen ließ sie sich auf einen Stapel aufeinandergeschichteter Säcke mit Pflanzerde fallen. Blieb regungslos sitzen.

Es war bereits dunkel, als sie in den Hof einbog. Das Fahrrad mit den Taschen, die links und rechts von der Lenkstange baumelten, hatte sie geschoben. Es hatte zu regnen begonnen. Zum Glück brannte im Hundesalon kein Licht. Karin sperrte das Fahrrad ab, öffnete die Tür und schloss hinter sich ab, ging durch den langen Raum, in dem es nach nassem Fell, Zigaretten und Shampoo roch. Sie hörte die Hündin aufgeregt an der Ateliertür kratzen. Bin ja schon da, murmelte sie, während sie aufsperrte. Die Hündin begrüßte sie stürmisch, steckte dazwischen den Kopf in die Einkaufstaschen. Karin sank auf die Knie, ließ das Begrüßungsritual des Tieres, das zuerst ihre Wangen, dann ihre Hände ableckte, über sich ergehen, tauchte das Gesicht in das warme, trockene Fell. Die Sachen, die sie im Baumarkt gekauft hatte, breitete sie später auf einem der großen Arbeitstische aus. Ein Seil, verschiedene Haken und Dübel, Werkzeug, eine Orchidee mit ein paar zerquetschten weißen Blüten, ein Hundehalsband aus Leder mit dazu passender Leine, einige Packungen Kauknochen und Hundekuchen, eine fünfarmige Lampe mit rosafarbenen Porzellanaufsätzen. Die verrutschte Orchidee versuchte sie wieder gerade zu setzen, drückte die Rinde, die sich in der Einkaufstasche gesammelt hatte, zurück in den Topf. Sie zog sich um, breitete die nassen Kleidungsstücke über einen der Heizkörper. Sie war zu müde und zu schwach, um etwas zu essen. Trank stattdessen ein Glas Wein und rauchte eine Zigarette. Im Hochhaus gingen nach und nach die Lichter an. Die Balkone, auch die, die von den dahinter liegenden Wohnungen beleuchtet wurden, wirkten verlassen. Der Balkon des Mannes mit der Mütze lag im Dunkeln.

Irgendwann hörte sie aus der angrenzenden Druckerei Geräusche. Der Drucker, der oft an den Abenden arbeitete, war zurückgekommen. Karin beschloss, ihn zu besuchen. Als sie über den Hof ging, sah sie im Erdgeschoss des Mehrfamilienhauses neben der Tischlerei Licht. Es war die Wohnung, in der die Besitzer des Betriebsareals lebten. Sie sah die alte Frau, mit der sie immer ein paar Worte wechselte, wenn sie einander begegneten, an einem der Fenster sitzen. Sie mochte die Frau. Neben der Druckerei befand sich ein kleiner Garten, in dem die Frau und ihr Mann Gemüse, Beeren und Kräuter zogen. Der Drucker hatte ihr erzählt, dass die Frau am späten Abend oder am frühen Morgen oft mit einer Taschenlampe im Garten nach Schnecken suche, die sie einsammle und in einem Kübel mit Salzlauge ertränke. Der Drucker wunderte sich nicht, als Karin ihn nach einer Leiter fragte. Willst du ein Bier?, fragte er. Karin nickte, obwohl sie Bier nicht besonders mochte. Eine Weile stand sie mit dem Mann, der immer wieder an einer laufenden Maschine herumhantierte, beisammen. Sie sprachen ein wenig über die Drucke, die er für eine Künstlerin anfertigte. Neben den Werken der Künstlerin stapelten sich T-Shirts mit Werbeaufdrucken. Der Drucker, mit dem sie hin und wieder über ihre Arbeit gesprochen hatte, fragte, wie sie vorankomme. Sie log und sagte, gut. Ich komme in den nächsten Tagen mal vorbei und schau mir was an, sagte er. Im Moment sieht man noch nicht viel, ich hab gerade etwas Neues angefangen, wich sie aus. Er nickte. Sag mir einfach, wann es dir passt. Klar, erwiderte sie. Deine Porträts haben mir gut gefallen, sagte er. Machst du bald wieder eine Ausstellung? Mal sehen, sagte sie. Sie hatte ausgetrunken, stellte die Flasche ab und sagte Danke. Hast du vielleicht auch eine Bohrmaschine?, fragte sie, nachdem er die Leiter aus einem angrenzenden Raum geholt hatte. Dann ging sie mit den ausgeliehenen Gegenständen zurück in ihr Atelier. Ich leg dir die Bohrmaschine morgen vor die Tür, rief sie, als sie schon ein paar Schritte entfernt war. Er nickte nur, zog die Tür hinter sich zu.

Im Atelier – nachdem sie wieder alle Türen hinter sich abgeschlossen hatte – stellte sie die Leiter auf. Sie war hoch genug. Mit der Bohrmaschine setzte sie ein paar Löcher in die Decke, versenkte die Dübel und befestigte die Haken. Stellte die Leiter an die Wand, kehrte den Staub aus den Bohrlöchern zusammen. Lange stand sie vor der Lampe, die sie gekauft hatte. Nahm sie in die Hand. Betrachtete sie von allen Seiten. Dann begann sie zu lachen. Sie lachte und lachte, bis ihr die Tränen kamen.

(22) Tom ist wieder im Land

Tom hatte sich eine Wohnung gekauft. In einer Wohnanlage direkt am See. Von seiner Terrasse aus konnte er den ganzen Tag über das Wasser schauen. Am Horizont trafen Wasser und Himmel zusammen, deshalb konnte man das Gefühl haben, am Meer zu sein. Tom war aus Berlin zurückgekehrt. Sein Plan, gemeinsam mit einem Freund eine Agentur zu gründen, war fehlgeschlagen. Tom mochte gar nicht mehr daran denken. Er hatte Geld verloren und war von einem Menschen, dem er vertraut hatte, betrogen worden. Selber schuld, hatte sein Vater gesagt. Tom hatte ihn reden lassen, wie immer. Er hatte keine Angst vor ihm, hatte sich nie von seinem Machtgehabe, seinem Geld, seiner Stellung beeindrucken lassen. Tom hatte gelernt, die Ohren zu verschließen, wenn der Vater laut wurde.

Der Vater hatte ihn in der frisch renovierten Wohnung besucht. Tom hätte ihn lieber in einem Café getroffen, aber er wollte die Wohnung sehen. Tom konnte schlecht Nein sagen, schließlich hatte der Vater die Wohnung bezahlt. Nicht direkt, aber

Tom hatte sie von seinem Erbanteil, den er nach der Scheidung des Vaters von der Mutter erhalten hatte, finanziert. Natürlich hatte der Vater an diesem und jenem etwas auszusetzen gehabt. Tom hatte ihm ein Glas Wein serviert und zugesehen, wie er ungeniert in der Wohnung rauchte. Zum Glück war er nicht lange geblieben. Du kannst mich zum Flughafen fahren, ich fliege heute noch nach Wien zurück, hatte er gesagt, und Tom hatte zwei Stunden später vor dem Hotel auf ihn gewartet. Auf der Fahrt hatte der Vater die meiste Zeit telefoniert. Das war der Minister, hatte er nach einem sehr kurzen Telefonat gesagt, worauf Tom erwidert hatte: Aha. Auf die Frage, wie es seiner Mutter gehe, hatte Tom gesagt: Gut. Nach Toms Schwester hatte sich der Vater nicht erkundigt, so wie sich auch Tom nicht nach der neuen Lebensgefährtin des Vaters erkundigt hatte.

Es war Mitte März. Tom saß eingehüllt in eine dicke Jacke und einen Schal auf der Terrasse. Er hatte keinen Plan, wie es weitergehen sollte. Am Nachmittag würde er die Mutter besuchen und vielleicht mit ihr über alles sprechen. Er hatte sie seit Wochen nicht mehr gesehen, telefonierte aber regelmäßig mit ihr. Tom seufzte. Im Grund gab es so viel zu tun. Die Wohnung war noch nicht fertig eingerichtet, der Kühlschrank war leer. Er überlegte, wen er anrufen könnte, um für den Abend etwas auszumachen. Die meisten seiner früheren Freunde oder Kollegen lebten nicht mehr in der Stadt, studierten oder arbeiteten im Ausland. Zwar fielen ihm ein paar Namen ein, doch allein die Vorstellung, nach Telefonnummern zu suchen und mit jemandem zu sprechen, den er jahrelang nicht mehr gesehen hatte, lähmte ihn. Er döste vor sich hin, schaute übers Wasser, schlief schließlich ein. Als er aufwachte, war so viel Zeit vergangen, dass er sich nur noch rasch ein wenig zurechtmachen konnte, sich dann aber gleich auf den Weg machte. Unterwegs kaufte er in einer Konditorei noch zwei Stück Kuchen, bevor er einigermaßen pünktlich bei der Mutter klingelte.

Na, Tom, sagte sie, als sie die Tür öffnete. Sie küssten einander links und rechts auf die Wangen. Tom wollte seine Mutter umarmen, doch sie hatte ihm bereits die Kuchenschachtel abgenommen und ging damit voraus Richtung Küche. Einen Augenblick lang stand er da und sah sich selbst im Garderobenspiegel. Streckte sich, zog die Schultern zurück und strich sich die Haare aus der Stirn. Die Mutter hatte Teewasser aufgesetzt. Sie plauderten über das Wetter, Toms neue Wohnung, den Garten. Die Rosen haben schon kleine Knospen, sagte die Mutter. Dann tranken sie Tee im Salon und aßen den Kuchen. Irgendwann stellte die Mutter die Frage, die Tom zwar erwartet hatte, die ihn aber trotzdem traf wie ein Schlag auf den Kopf. Was willst du jetzt machen? Tom hob die Schultern. Ich werde mich eben bewerben. In einer größeren Agentur in der Schweiz, in Liechtenstein, in Deutschland, hier. Du solltest etwas Künstlerisches machen, sagte die Mutter, du bist zu sensibel für die Werbung. Wüsste nicht, dass ich irgendein Talent habe, murmelte Tom. Seine Mutter sah ihn an, schob die Lippen vor. Das machte sie immer, wenn sie ernsthaft über etwas nachdachte. Die Lippen der Mutter waren noch immer voll und schön geschwungen. Die Umrisse klar, wie mit einem Stift gezeichnet. Nur über der Oberlippe zeigten sich kleine Fältchen. Aber weder diese noch andere Falten, auch nicht die Gewebeschwäche im Dekolletee konnten ihrer Schönheit etwas anhaben. Dachte Tom. Du hast nie etwas ausprobiert, hörte er sie sagen, kannst also gar nicht wissen, wo deine Talente liegen. Vermutlich im Nichtstun, erwiderte Tom. Er lachte, aber die Mutter blieb ernst. Du könntest doch noch einmal eine Ausbildung machen, sagte sie, bewirb dich an der Akademie. Dein Vater wird dafür aufkommen. Ich werde ihn bestimmt nicht darum bitten, sagte Tom. Außerdem könnte ich von meinem restlichen Vermögen ein paar Jahre leben. Die Mutter ließ nicht locker. Erinnerte ihn daran, dass er als Kind gerne gemalt und musiziert hatte. Auch Schauspieler oder Regisseur seien Berufe für ihn, meinte sie. Oder Schriftsteller oder Fotograf. Du hast dir doch vor Kurzem eine Kamera gekauft, sagte sie. Du musst es dir nur zutrauen. Sie redete und redete. Tom unterbrach sie nicht, ließ sie reden, bis sie begriff, dass es keinen Sinn hatte. Später schlenderten sie durch den sonnigen Garten. Kamen zum Grab von Kerk. Weißt du, was ich mir manchmal vorstelle?, sagte Tom. Die Mutter schüttelte den Kopf. Tom nickte mehrmals hintereinander, als wäre ihm eben eine Idee gekommen oder als hätte er soeben die Bestätigung für eine bereits bestehende Idee gefunden. Gregg, sagte er, du weißt schon, der Filmproduzent, hat mich doch nach Kalifornien eingeladen. Tom sah seine Mutter an. Ja, sagte er, das ist es. Ich habe ein Buch von einem Hundetrainer gelesen, der in Kalifornien lebt. Den könnte ich doch besuchen. Wozu?, fragte die Mutter. Ich könnte mit ihm arbeiten, mich von ihm ausbilden lassen, antwortete Tom. Ja, fuhr er fort, das kann ich mir gut vorstellen. Und erzählte der Mutter von einem Film über den Hundetrainer, der im kalifornischen Hinterland mit dreißig, vierzig Hunden, die ihm folgten, durch die Gegend lief. Und jetzt war es Tom, der nicht aufhören wollte zu erzählen. Seine Augen begannen zu leuchten. Zum Greifen nah schien er das, wovon er erzählte, vor sich zu sehen.

Später begleitete ihn seine Mutter zur Tür. Sie verabschiedeten sich mit einer angedeuteten Umarmung, mit angedeuteten Küssen links und rechts auf die Wangen. Als er sich vom Haus Richtung See entfernte, dachte er daran, dass er die Mutter nicht einmal gefragt hatte, wie es ihr ging. Er hatte ihr auch nicht erzählt, dass der Vater bei ihm gewesen war. Es wurde bald dunkel. Tom fror. Er war zu leicht angezogen, konnte sich aber nicht entschließen, nach Hause zu gehen. Er spazierte am Ufer entlang Richtung Stadtmitte. Die Hände hatte er tief in die Taschen seiner Jacke gesteckt, den Kragen hochgeschlagen. Aus einer Bar drang Musik bis auf die Straße. Tom trat ein, stellte sich an die Theke, bestellte ein Glas Wein. Wie war er nur auf die Idee gekommen, Hundetrainer zu werden? Selbst wenn es ihm gelänge, mit diesem Mann in Kalifornien in Kontakt zu treten, wie sollte er wissen, ob er für eine solche Tätigkeit geeignet war. Tom dachte an seine kläglichen Versuche, Kerk zu erziehen. Kerk hatte gemacht, was er wollte, war einfach nur von Natur aus unkompliziert und friedfertig gewesen. Im Grunde hatte Tom dem Willen seines Hundes nachgegeben, nicht umgekehrt. Tom trank. Bestellte ein zweites Glas Wein. Ein Mann sprach ihn an, er mochte in Toms Alter sein. Begrüßte ihn, als wären sie alte Bekannte. Tom überlegte, woher er ihn kannte. Erinnerst du dich nicht mehr an mich?, fragte der andere. Gleich würde es ihm einfallen. Marcel, sagte der Mann. Wir waren in derselben Klasse. Gymnasium?, fragte Tom. Nein, Volksschule. Klar, sagte Tom, jetzt erinnere ich mich. Sie gaben einander die

Hand, schlugen sich gegenseitig auf die Schulter. Gibst du einen aus?, fragte Marcel. Klar, erwiderte Tom, du bist eingeladen.

Es wurde eine lange Nacht. Sie waren die letzten Gäste in der Bar und wurden nach Mitternacht mit einem Hinweis auf die Sperrstunde hinauskomplimentiert. Marcel war zwischendurch zweimal auf die Toilette verschwunden, und Tom war die aufgedrehte Stimmung seines ehemaligen Mitschülers danach nicht entgangen. Er war müde und fror, als er auf der Straße stand. Wollte nur noch ins Bett. Aber Marcel ließ nicht locker. Forderte Tom auf, einer Frau, von der er sich angeblich gerade getrennt hatte, einen Besuch abzustatten. Tom protestierte, aber egal, welche Argumente er vorbrachte, der andere ließ sich nicht davon abbringen. Und nur, weil er ihn nicht loswurde, gab Tom schließlich nach. Es ging in die Gegend, in der Tom wohnte, aber Tom schwieg. Lieber würde er die Nacht auf der Straße oder in einer fremden Wohnung verbringen, als Marcel zu sagen, wo er zu Hause war. Die Frau, die Marcel besuchen wollte, wohnte nur einen Häuserblock weiter. Sie betätigte den Türöffner erst, nachdem Marcel vor dem Hauseingang herumgeschrien und mehrere Klingelknöpfe gedrückt hatte. Sie sah genervt aus, als sie die Tür öffnete, herrschte Marcel an, er solle verschwinden. Aber der drängte an ihr vorbei. Zog Tom, der die Gelegenheit nutzen wollte, um sich endlich davonzumachen, ebenfalls in die Wohnung. Marcel ließ sich auf ein Sofa fallen, streckte die Beine aus, forderte die Frau auf, ihnen etwas zum Trinken zu bringen. Sie stand mit verschränkten Armen in der Tür. Sie trug einen langen Frotteemantel und war barfuß. Tom stand in ihrer Nähe. Hob hilflos die Hände. Er nickte der Frau zu und wandte sich zur Tür. Aber Marcel sprang auf, riss Tom am Arm zurück, stieß ihn aufs Sofa. Die Frau sagte etwas. Sie sagte: Verschwindet, oder etwas in der Art. Aber Marcel lachte nur. Tom fühlte sich zu betrunken, um zu reagieren, wie gelähmt. Blieb einfach sitzen. Sah, wie die Frau sich vor Marcel aufstellte, ihn anschrie, sagte, sie würde die Polizei rufen, sollte er nicht sofort verschwinden. Wieder wollte sich Tom erheben, erhielt jedoch einen Schlag vor die Brust, der ihn zurücksinken ließ. Die Frau hatte plötzlich ein Handy in der Hand, wählte eine Nummer. Tom sah Marcel aufspringen, das Handy flog durch die Luft, es krachte, als es irgendwo landete. Tom sah, wie Marcel ausholte, die Frau schlug. Er schlug sie abwechselnd mit beiden Händen ins Gesicht. Sie taumelte, schrie, fiel auf die Knie. Ungläubig sah sie zu Marcel auf, hielt sich eine Hand an die blutende Nase, betrachtete die Hand, fuhr sich über den blutenden Mund. Begann zu weinen. Marcel versetzte ihr einen Tritt. Die Frau wimmerte. Hielt sich die Hände schützend über den

Kopf. Tom hatte sich mühsam aufgerappelt. Wollte sich auf den anderen stürzen, der genau in dem Moment einen Schritt zur Seite machte, sodass Tom über die am Boden kauernde Frau fiel. Dann hörte Tom nur noch Schritte und das Wimmern der Frau. Hörte, wie die Tür ins Schloss fiel. Tom rappelte sich auf, versuchte der Frau aufzuhelfen. Verschwinde, wimmerte sie, hau ab! Tom begann sich zu rechtfertigen. Sagte, er habe Marcel erst an diesem Abend kennengelernt. Habe gar nicht mitkommen wollen. Er redete und redete, bis sich die Frau schließlich erhob, sich von ihm ins Bad begleiten ließ. Tom sah zu, wie sie sich vorsichtig das Blut aus dem Gesicht wusch. Half ihr, die Wunden zu desinfizieren, klebte ein Pflaster auf die noch immer blutende Schramme auf der Stirn. Ich fahre Sie ins Krankenhaus, sagte Tom. Dazu bist du zu betrunken, erwiderte die Frau. Ich wollte das nicht, fuhr Tom fort, es tut mir leid. Die Frau schaute ihn zum ersten Mal an. Eines ihrer Augenlider war blutverklebt. Eine große Hilfe warst du nicht, sagte sie. Tom hob die Hände. Die Frau ging aus dem Bad, ließ sich im Wohnzimmer auf die Couch fallen. Sie forderte Tom auf, ihr ein Glas Cognac einzuschenken, erklärte ihm, wo sich die Gläser und die Getränke befanden. Tom schenkte mit zitternden Händen ein. Die Frau trank. Am besten verschwindest du über die Tiefgarage, sagte sie, womöglich wartet er vor dem Eingang auf dich.

Ich wohne im nächsten Gebäude, erwiderte Tom, ich kenne mich hier aus. Na dann, sagte die Frau. Ich heiße Tom, sagte Tom. Die Frau nickte.

(23) Also dann, ich geh dann mal

Benjamin hatte Ayse kennengelernt. Sie stand neben ihm auf dem Balkon. Benjamin hatte sie überredet mitzukommen. Er hatte ihr so lange von der schönen Aussicht vorgeschwärmt, bis sie mitgekommen war. Ayse war ein Jahr älter als Benjamin. Sie hatten sich im Lift kennengelernt. Welcher Stock?, hatte Benjamin gefragt. Er war zuerst im Lift gewesen, hatte die Tür für Ayse aufgehalten. Dritter, hatte sie gesagt. Wohnst du hier?, hatte er gefragt. Ayse hatte genickt. Dann war sie auch schon wieder ausgestiegen. Vielleicht sehen wir uns mal, hatte Benjamin ihr nachgerufen. Ayse hatte nicht geantwortet. Aber jetzt stand sie neben Benjamin auf dem Balkon. Sie hatte zugegeben, dass die Aussicht von so weit oben besser war als aus ihrer Wohnung. Hast du Geschwister?, hatte Ayse gefragt. Benjamin hatte den Kopf geschüttelt. Ich wünsche mir schon lange einen Hund, hatte er gesagt, vielleicht bekomme ich einen. Ayse hatte den vollen Aschenbecher auf dem Balkontisch gesehen. Rauchst du etwa?, hatte sie gefragt. Wieder hatte Benjamin den Kopf geschüttelt.

Warst du schon einmal auf der Burg?, hatte er gefragt und Richtung Felsplateau gezeigt. Aber Ayse kannte gar nichts in der Stadt, sie war gerade erst hergezogen. Ich habe vier Geschwister, hatte sie gesagt. Einen älteren Bruder und eine ältere Schwester. Und einen jüngeren Bruder und eine jüngere Schwester. Wir können zur Burg hinaufwandern, sagte Benjamin, wenn du willst. Dauert circa eineinhalb Stunden, hin und zurück. Ayse hatte genickt. Benjamin hatte ihr noch die Schule gezeigt, von der man nur das Dach sah. Er hatte ihr auch erklärt, wie man am schnellsten zur Schule kam. Wenn du willst, kann ich dich jeden Morgen abholen, hatte Benjamin gesagt. Denn Ayse würde in dieselbe Schule gehen wie er.

Mir ist kalt, sagte Ayse. Sie gingen zurück in die Wohnung. Ich hoffe, deine Eltern haben nichts dagegen, dass ich dich besuche. Quatsch, sagte Benjamin. Ich mach dir jetzt ein Brot mit Margarine und Senf und ein Glas Saft. Ayse lachte. Oder magst du keinen Senf? Er hatte schon angefangen, ein paar Brote herzurichten, hatte ein Glas mit Himbeersaft vor Ayse auf den Tisch gestellt, als seine Mutter kam. Sie hatte es eilig, begrüßte Ayse so nebenbei. Muss noch duschen und mich umziehen, murmelte sie, holte aber eine Flasche Weißwein aus dem Kühlschrank, schenkte sich ein Glas ein und verschwand auf dem Balkon. Ayse warf hin und wieder einen

Blick zur Balkontür, während sie aß. Und, wie schmeckt es dir?, fragte Benjamin. Gut, erwiderte Ayse. Aß und trank zwischendurch immer wieder einen Schluck Saft. Mit dem Glas in der Hand kam Benjamins Mutter vom Balkon zurück. Geh mich jetzt duschen, sagte sie, danach muss ich weg. Ayse hatte fertig gegessen und getrunken, bedankte sich für die Jause und sagte, sie müsse jetzt nach Hause. Klar, sagte Benjamin. Was machst du in den Osterferien? Ayse hob die Schultern. Wir sind dabei, die Wohnung einzurichten, antwortete sie, da müssen alle mithelfen. Wenn du willst, helfe ich auch, sagte Benjamin. Ayse nickte. Gern, sagte sie, ich werde meinen Vater fragen. Dann lachte sie. Ich weiß ja jetzt, wo du wohnst, sagte sie, bevor sie ging. Es gefiel Benjamin, wie sie lachte, dann aber von einem Augenblick auf den anderen wieder ernst war.

Wer war das?, fragte seine Mutter, als sie aus dem Badezimmer kam. Sie stellte das leere Glas ab. Ayse, sagte Benjamin, sie wohnt im dritten Stock. Das sind doch Türken?, fragte die Mutter. Benjamin antwortete nicht. Räumte Teller und Gläser ab, schlichtete alles in den Geschirrspüler. Auch das Glas der Mutter. Hey, sagte sie, ich nehme noch einen Schluck, machte das Glas aber diesmal nur halb voll. Zieh mir mal den Reißverschluss hinauf, sagte sie. Benjamin zog. Ist das Kleid zu kurz?, fragte sie, an sich hinunterblickend. Benjamin hob die Schultern.

Kommt drauf an. Worauf?, fragte sie. Mit wem du unterwegs bist, antwortete er. Sie entfernte sich in den Flur, drehte sich vor dem Spiegel, nahm verschiedene Posen ein, verzog den Mund, zupfte sich die Haare in die Stirn. Würdest wohl gerne wissen, mit wem ich ausgehe, was? Benjamin rollte die Augen. Sagte, du kannst ausgehen, mit wem du willst. Benjamin hasste es, wenn sich seine Mutter neckisch gab. Er wandte sich ab, als sie näher kam. Spürte von hinten ihren Atem. Versuchte sich aus ihrer Umarmung zu befreien, kaum dass sie den Arm um ihn gelegt hatte. Aber sie hielt ihn fest. Bald wird es eine Überraschung geben, flüsterte sie. Benjamin roch ihren Atem. Dann war sie auch schon weg. Zog sich die Schuhe an, schwang sich eine Tasche über die Schulter. Also dann, ich geh dann mal, sagte sie in der Tür, kann ein bisschen später werden.

(24) Du bist nicht mein Vater

Ritter öffnete die Tür mit einem Elektropick, es war nicht schwierig. Der Bekannte, der ihm das Werkzeug besorgt hatte, hatte ihm auch erklärt, wie es funktionierte. Ritter hatte die Wohnung zwei Wochen lang beobachtet. Hatte gesehen, wann das Licht anging, wann es ausging. Er hatte den Mann zunächst auf dem Balkon beobachtet, sooft dieser dort erschien, um zu rauchen, schließlich auch beim Verlassen des Hauses, bei der Ausfahrt aus der Tiefgarage, bei seiner Rückkehr zu Fuß oder mit dem Wagen. Er hatte herausgefunden, wann und wo der Mann arbeitete. Nun stand er also in der Wohnung. Wusste nicht wirklich, was er wollte. Er sah sich um. Die Wohnung war klein. Zwei Zimmer mit Balkon. Alles ziemlich schäbig. Möbelstücke, die nicht zusammenpassten. Ritter öffnete die Tür auf den Balkon. Stellte sich hinaus. Rauchte. Die Aussicht gefiel ihm, das war aber auch schon alles. Er drückte die Zigarette im vollen Aschenbecher aus. Ging wieder hinein. Durchsuchte das Wohnzimmer, die Küche, das Schlafzimmer. Ein Kalender mit Frauen, die halb nackt auf Motorrädern posierten, hing dem Bett gegenüber an der Wand. Das war alles. Ritter blätterte Schriftstücke durch, Rechnungen in einem Ordner. Einen weiteren Ordner mit Kontoauszügen. Ein Plus von fünftausendvierhundertzwölf Euro. Immerhin. Es gab keine Fotos in der Wohnung. Keine Bilder. Im Kühlschrank Bier und Wodka. Ein Stück Käse. Eine offene Sardinendose. Es war halbwegs sauber. Dann entdeckte Ritter die Pistole in der Garderobe. Er nahm sie in die Hand. Entzifferte die Aufschrift: *Bul Custom* stand auf dem Lauf, und weiter unten: *Made in Israel, Bul-M5*. Eine Schachtel mit mehreren Magazinen stand in der Schublade, in der Ritter die Pistole gefunden hatte. Er fuchtelte mit der Pistole herum, zog das Magazin aus dem Schaft, steckte es wieder hinein. Zielte auf Gegenstände in der Wohnung, auf sein eigenes Spiegelbild im Flur, hielt sich die Pistole an die Schläfe. Legte sie wieder zurück in die Schublade. Er holte ein Bier aus dem Kühlschrank, schaltete den Fernseher ein, machte es sich auf der Couch bequem, zappte sich durch die Programme, schaute eine Folge einer Serie, bis die Bierflasche leer war, schaltete den Fernseher wieder aus, stellte die leere Flasche zu ein paar anderen neben der Spüle, verließ die Wohnung. Später schrieb er ein paar Zeilen auf einen Bogen Papier. *Lieber Paul. Danke für deinen Brief. Ich habe mit meiner Mutter gesprochen. Sie sagt, du bist nicht mein Vater. Tut mir leid, wenn du all die Jahre über geglaubt hast, es zu sein. Ich wünsche dir viel Glück. Marcel.*

Noch am selben Tag brachte Ritter den Brief zur Post. Besuchte anschließend seine Mutter. Sie lebte inzwischen bei seiner Schwester, war krank und wog ungefähr hundert Kilo. Seine Schwester sagte, ach, sieht man dich auch mal wieder. Und später, als Ritter der Mutter gegenübersaß, sagte sie, du könntest dich auch ein bisschen um sie kümmern, Zeit genug hättest du ja. Du kannst das besser, sagte Ritter, trank sein Bier und ließ die Schwester reden, ohne ihr wirklich zuzuhören. Wenn du mir wenigstens im Gasthaus helfen würdest, fuhr sie fort. Du hättest ein regelmäßiges Einkommen und würdest nicht auf dumme Gedanken kommen. Jaja, sagte Ritter. Er ließ sie reden. Ließ sie jammern. Ich muss ins Gasthaus, sagte sie, kannst du nicht ein bisschen bei ihr bleiben? Geht leider nicht, antwortete er, schob einen Termin vor. Sah seiner Schwester an, dass sie ihm nicht glaubte. Was ist denn mit ihr, fragte er beim Hinausgehen. Sie ist nicht mehr ganz richtig im Kopf, erwiderte seine Schwester, lebt in der Vergangenheit, bringt alles durcheinander. Ritter nickte. Umarmte die Schwester. Es wird nicht mehr lange dauern, sagte sie. Sie blieb in der Haustür stehen, als er ging, rief ihm nach: Es wird nicht mehr lange dauern, hörst du.

An diesem Abend, es war April und bereits seit Tagen ungewöhnlich warm, saß Ritter noch lange auf einer Bank am Ufer des Sees. Er hatte sich mit einem Kunden getroffen, dem er Crystal Meth und Ecstasy verkauft hatte. Der Deal war reibungslos abgelaufen, in seiner Tasche befand sich nun ein dickes Bündel Banknoten. Ritter zog es heraus, als niemand in der Nähe war. Zählte das Geld zum zweiten Mal. Dann versuchte er, Gloria anzurufen, aber die Nummer war nicht mehr gültig. Er war unruhig. Seine Beine zuckten. Er dachte an seine Mutter. Sie hatte ein Kissen in den Armen gehalten und es gewiegt. Seine Schwester hatte ihm erklärt, die Mutter lebe in der Vorstellung, dass er das Kissen sei. Er als kleines Kind, als Baby. Sie spricht mit dir den ganzen Tag, wiegt dich in den Schlaf, beruhigt dich, wenn du weinst. Gibt dir das Fläschchen, hatte die Schwester gesagt.

(25) Cora, Cora

Das Essen war gut und teuer. Kleber hatte einen Tisch reserviert. Es war ein Tisch ganz am Ende des Restaurants. Falls Cora auf die Toilette wollte, musste sie an all den elegant gekleideten Herrschaften vorbei Richtung Ausgang und dann denselben Weg wieder zurück. Also ließ sie es lieber. Kleber sprach genauso zurückhaltend und leise wie die Leute an den anderen Tischen. Manchmal verstand sie ihn kaum. Er hatte das Essen ausgesucht. Cora hatte schon einmal Scampi gegessen, aufgetaute aus dem Tiefkühler, die sie in einer Pfanne briet und unter die Spaghetti mischte. Benjamin hatte die Nudeln schlürfend in den Mund gezogen. Die Tomatensauce war in alle Richtungen gespritzt und ihm über das Kinn gelaufen. Sie hatten gelacht, die Scampi mit Zähnen und Fingern aus den Schalen gepult, die Schalen ausgeleckt. Jetzt schaute sie zu, wie Kleber das Fleisch mit Messer und Gabel aus den Schalen holte, und machte es ihm nach. Sie musste dringend auf die Toilette, drückte unter dem Tisch die Beine zusammen. Der Drang war nicht immer gleich. Manchmal stärker, dann wieder schwächer. Einmal wurde er so stark, dass Cora dachte, mir ist alles egal, ich lass es jetzt einfach laufen. Was aber dann doch nicht geschah. Hätte ich bloß vorher nicht so viel getrunken, dachte sie. Sie fühlte sich bereits so beschwipst, dass sie befürchtete, beim Hinausgehen zu torkeln. Um die Sache zu beschleunigen, bat sie Kleber, kein Dessert zu bestellen. Nur Kaffee, sagte sie, das Dessert bin ich. Sie hatte es wohl etwas zu laut gesagt oder zu laut gelacht, denn an den anderen Tischen hatten sich gleich ein paar Köpfe in ihre Richtung gedreht. Cora wusste, dass ihre Schuhe zu hoch waren, ihr Kleid zu kurz. Die Schuhe würden klappern beim Hinausgehen, das Kleid war am Hintern vermutlich zerknautscht und hochgerutscht. Aber Kleber würde nichts bemerken. Bevor der Kaffee kam, hielt er minutenlang ihre Hand. Sie begann schon zu schwitzen, lachte und versuchte, ein Gespräch in Gang zu bringen. Verdammt, dachte sie, warum schaut er mich so an? Wie ein Hund. Woran denkst du?, fragte sie. Eigentlich hatte sie das gar nicht fragen wollen, weil sie es hasste, wenn sie selbst gefragt wurde, woran sie gerade dachte. Geht dich nichts an, antwortete sie meistens, wenn irgendjemand fragte, woran sie gerade dachte. Aber Kleber antwortete nicht: Geht dich nichts an. Er lächelte nur, schaute ihr in die Augen. Sie versuchte, seinem Blick standzuhalten, was gar nicht leicht war. Huh, sagte sie, als er endlich ihre

Hand losließ, mir ist ganz schön heiß geworden. Er hatte ihre Hand losgelassen, weil die Kellnerin gekommen war. Cora schüttete Zucker in ihren Kaffee, Kleber nur Sahne. Er nahm ein Stück Konfekt, das zum Kaffee serviert wurde, hielt es ihr an die Lippen. Sie biss ab, sah ihm zu, wie er sich die zweite Hälfte selbst zwischen die Lippen schob. Sie kaute, schluckte, leckte sich danach die Lippen. Sah, wie er ihr dabei zuschaute. In diesem Moment wünschte sie sich nichts sehnlicher, als auf ihrem kahlen Balkon mit dem vollen Aschenbecher eine Zigarette zu rauchen. Gehen wir, sagte er. Sie hatten beide ausgetrunken. Cora fühlte sich wieder halbwegs nüchtern, als sie neben ihm durch den Gastraum ging. Kleber grüßte ein paarmal in verschiedene Richtungen. Als sie draußen waren, bat sie ihn, kurz zu warten. Endlich saß sie auf der Toilette, hörte neben ihrem eigenen Plätschern das einer anderen Person, dann das Rauschen der Spülung. Sie ließ sich Zeit, holte Feuchttücher aus der Tasche, wischte sich gründlich ab, spülte, glättete das Kleid, wusch sich draußen die Hände, legte etwas Puder und Lippenstift auf. Blieb eine Weile vor ihrem Spiegelbild stehen, ehe sie ging. Machte Grimassen. Kam dem Gesicht im Spiegel nahe. Spitzte den Mund. Schielte. Machte ein dummes Gesicht.

Kleber legte einen Arm um sie, während er sie zum Wagen begleitete. Er hielt ihr die Tür auf, sie nahm Platz. Sie schnallte sich an. Er setzte sich hinters Steuer, zog dabei die Bügelfalten über den Knien hoch. Sie blickte auf seine Hände, auf die Haare auf seinen Fingern, auf die teure Uhr an seinem Handgelenk. Er startete den Wagen, reversierte, schaute sie an, ehe er vom Parkplatz auf die Straße rollte, legte kurz eine Hand auf ihr Knie. Während der Fahrt sah sie ihn manchmal von der Seite her an. Er hatte eine vernarbte Gesichtshaut. Schwere Akne, dachte sie. Stellte sich ihn als Jugendlichen vor. Pickel im Gesicht. Runde Brille. Seine Haare waren über den Ohren und am Hals scharf geschnitten. An den Schläfen grau. Die Lippen farblos, schmal, fast dünn. Wie war das mit deiner Frau?, fragte Cora. Kleber wirkte irritiert. Was willst du wissen?, fragte er, ich verstehe deine Frage nicht. Seine Stimme klang anders als sonst. Kalt, schneidend. Hat sie dich verlassen?, fragte sie. Das ist eine lange Geschichte, erwiderte Kleber. Aha, sagte Cora. Wenn du willst, kann ich dir gerne einmal alles erzählen, fuhr Kleber fort, aber bitte nicht jetzt. Cora nickte. Schaute während der Fahrt zum Fenster hinaus. Sie fuhren am See entlang. Ich hatte einmal eine Wohnung direkt hier am See, sagte sie. Siehst du den blauen Wohnblock?, fragte sie. Sie beugte sich vor, als sie daran vorbeifuhren. Dort oben im zweiten Stock habe ich gewohnt. Es war eine kleine Wohnung und sehr laut. Abends bin ich immer am Fenster oder im Sommer auf dem kleinen Balkon gesessen und habe auf den See geschaut. Ich kenne den See bei jedem Wetter. Bei Nacht und am Tag. Bei Sturm, Regen, Sonne, Schnee. Wieder spürte Cora Klebers Hand auf ihrem Knie. Sie lehnte sich zurück. Schloss die Augen. Dachte an die kleine, weiße Küche in der Wohnung, in der sie damals gelebt hatte, an den hellblauen Linoleumboden, an den winzigen Küchenbalkon, auf dem kleine Töpfe mit Kräutern gestanden waren.

(26) Kinder

Es war im Mai. Mitte Mai. Starker Regen, über Tage hinweg, hatte auf den Wiesen kleine Seen hinterlassen. Neben den Wegen, die durch den Wald am Berghang führten, stürzte das Wasser in großen Massen tosend talabwärts, trat über die Ufer, überschwemmte den Weg an vielen Stellen, schoss über die Felsen. Der Boden war aufgeweicht. Manchmal sank ich bis zu den Knöcheln ein. Manchmal tobte der Wind, dass die Bäume krachten.

Ich war täglich mit dem Hund unterwegs. Nahm fast immer dieselbe Strecke. Durch die Siedlung, das kurze Straßenstück am beginnenden Berghang hinauf, bis die ersten Waldwege begannen. Es gibt viele Wege im Wald, sie führen in verschiedene Richtungen. Abwärts Richtung Altstadt. Leichte Höhenwege, die parallel zur Stadt verlaufen, vom südlichen Stadtrand bis zum nördlichen Ende. Steilere in Richtung Berggipfel. Ich schlage meistens den Weg ein, der gegenüber der Bibliothek beginnt. Nehme die schmalen, weniger begangenen Wege, überquere nach einiger Zeit die Fahrbahn, die weiter aufwärts führt. Auch hier gibt es kleinere und größere Wege, die abzweigen und unterhalb der Burg wieder aufeinandertreffen. Wir gehen über den Parkplatz, danach weiter, immer den Bach entlang. Der Hund ist ein Bachläufer. Er springt über Felsvorsprünge, auf und ab, bei ruhig fließendem Wasser ebenso wie bei strömendem. Früher, in England, wurden Hunde seiner Rasse als Otterjäger eingesetzt, im Krieg aufgrund ihrer Unerschrockenheit als Botenhunde. Mein Hund, der keinen Namen hat, bewacht mich. Er ist mein Wächter und mein Freund. Ich bin seine Versorgerin. Er bekommt von mir Futter, einen Schlafplatz, genügend Auslauf. Wir sind Mensch und Hund, auch wenn wir manchmal nebeneinander liegen, einer den Atem des anderen in der Nase, im Gesicht. Du stinkst heute ein bisschen, sage ich. Oder: Was für ein feiner Hund du doch bist! Für ihn klingt das eine vermutlich wie das andere. Manchmal bewundere ich ihn. Schaue ihm nach, wenn er durch den Wald springt, über hohe Böschungen, steile Felswände hinauf und hinunter, aufwärts und abwärts durch die Bäche. Irgendwo im Gelände höre ich ihn knurren. Bellen. Es klingt gefährlich. Aber ich weiß, er hat nur ein Stück Holz, das er mit seinen Zähnen bearbeitet. Er zieht es aus dem Unterholz, manchmal sind es meterlange Äste, dann wieder kurze, dicke Knüppel. Er schleppt die Hölzer durch die Gegend, wirft sie mir vor die Füße, legt sich hin, schärft seine Zähne daran. Mein Hund ist kein Apportierhund. Wenn ich ihm einen Stecken werfe, holt er ihn, gibt ihn aber nicht zurück. Er ist ein stolzer Hund. Wenn ihn andere Hunde belästigen, ignoriert er sie. Geht einfach weiter, mit hocherhobenem Kopf.

Es war Mai. Mitte Mai. Wir waren lange unterwegs gewesen und vollkommen durchnässt, als wir vom Berg herunterkamen und durch die Siedlung nach Hause gingen. Wir kamen am Steckdosenhaus vorbei. Kein Mensch auf dem Balkon. Keine Vorhänge hinter den Fenstern. Nachdem wir schon den Eingangsbereich zu unserem Wohnblock betreten hatten, hörte ich jemanden schreien. Mir war nicht klar, ob die Schreie von einer Frau oder einem Mann kamen. Es klang, als wäre jemand in größter Not. Die Schreie kamen von oben, aus einem der oberen Stockwerke, ich hörte auch Stimmen, die durcheinander redeten, riefen, laute und leise Stimmen. Mehrere Menschen schienen sich um jemanden, der schrie, zu versammeln. Anstatt den Lift zu holen, nahm ich die Treppe. Nicht nur ich, auch mein Hund war aufgeregt, zog an der Leine nach oben, hechelte und winselte. Im dritten Stock hatte sich eine kleine Gruppe von Menschen vor einer offen stehenden Wohnungstür versammelt. Das Geschrei kam von innen, aus der Wohnung. Es klang jetzt anders. War nicht mehr so laut, war mehr ein Geheul, ein heulendes Jammern, das nicht enden wollte. Ich sah gleich, dass ich nichts tun, nichts helfen konnte. Zwei Polizisten standen inmitten einiger Hausbewohner, die ich vom Sehen kannte, vor der Wohnungstür, schickten die Leute weg und betraten die Wohnung, schlossen die Tür hinter sich. Das Heulen erklang nun gedämpfter, setzte zwischendurch aus. Von einer Frau, die wie ich auf den Lift wartete, erfuhr ich, dass sich ein Unglück ereignet hatte. Ein Kind war getötet worden. Man hatte es überfahren. Die Schreie kamen von einer Frau. Sie war die Mutter des Kindes.

Ich verabschiedete mich von der Nachbarin, als sie im fünften Stock ausstieg. Wir fuhren noch ein Stockwerk höher, betraten die Wohnung, ich schloss die Tür hinter uns. Wusch dem Hund in der Dusche die Pfoten, trocknete sein Fell mit einem Handtuch. Zog mich um. Ließ die tropfende Regenkleidung, die nassen Hosen, den Hut in der Dusche. Ich stellte Wasser zu, um Tee zu machen. Setzte mich mit einer Tasse Tee und einem Stück Kuchen auf die Couch. Später versuchte ich zu lesen, schaltete den Fernseher ein, drehte lauter. Hörte die Schreie der Mutter. Schaltete den Fernseher wieder aus. Ich dachte an mein Kind, das tot auf die Welt gekommen war. Ich hatte es danach nie mehr versucht. Hatte dem Mann, mit dem ich ein paar Jahre lang verheiratet gewesen war, vorgemacht, keine Kinder mehr bekommen zu können. Später hat er eine andere geheiratet und mit ihr zwei, drei Söhne bekommen. Mein Kind war eine Tochter. Sie wäre inzwischen einunddreißig Jahre alt. So alt wie ich war, als ich sie das einzige Mal in den Armen hielt. Ich habe mit meiner Tochter gelebt. Es ist bis heute kein Tag vergangen, an dem ich nicht an sie dachte. Ich habe ihr die Haare zu Zöpfen geflochten, habe Kleider für sie gekauft, abends Geschichten erzählt, später aus Büchern vorgelesen. Ich habe sie auf meine Reisen mitgenommen. Sie war immer dabei. Wir waren mit einem VW-Bus unterwegs. Er war perfekt ausgestattet, eine Küche, eine Toilette mit Dusche, zwei Schlafplätze.

(27) Väter

Sie hatte schon ein paar Sachen in ihren Einkaufswagen gelegt. Brot, eingepackte Wurst, Waschmittel, Salat, Bananen, Tomaten, eingelegten Käse, eine Flasche Wein. Sie war bereits zur Kassa unterwegs, als sie ihn sah. Er stand vor dem Regal mit Kaffee. Sie wollte ihm nicht begegnen und zog sich in die Gasse zwischen den Verkaufsregalen zurück, aus der sie gerade gekommen war. Schlug den Weg zu den Kassen in umgekehrter Richtung ein. Und genau dort, als sie die erste Kassa fast erreicht hatte, kam er direkt auf sie zu, hatte sie gerade entdeckt. Hallo, sagte er. Er wirkte verlegen. Sie nickte nur. Versuchte, den Wagen an ihm vorbeizusteuern. Bitte, sagte er, bitte, können wir nicht einmal in Ruhe miteinander reden? Sie schüttelte den Kopf, war schon an ihm vorbei, legte der Reihe nach ihre Waren auf das Förderband. Er war hinter ihr, legte seinen Einkauf ebenfalls auf, dicht an ihren. Ungehalten steckte sie einen der dafür vorgesehenen Trennstäbe zwischen seine und ihre Waren. Entschuldigung, murmelte er. Sie packte die gescannten Waren rasch in die mitgebrachte Tasche, bezahlte und ging, rannte beinahe Richtung Lift. Aber bis der Lift kam, war er schon wieder neben ihr, stieg mit ihr ein, stellte sich ihr gegenüber. Sie schaute zu Boden. Bitte sprechen Sie mit mir, sagte er. Doch als sich die Lifttür öffnete, ging sie rasch in die Tiefgarage, in die Richtung, in der ihr Wagen stand. Er war dicht hinter ihr, und als sie abrupt stehen blieb, sich umwandte und fragte: Verfolgen Sie mich jetzt?, rannte er fast in sie hinein. Ich möchte doch nur kurz mit Ihnen reden, sagte er. Zum ersten Mal schaute sie ihn an. Es war überhaupt das erste Mal, dass sie ihn richtig anschaute. Er wirkte nervös. Wozu soll das gut sein?, fragte sie. Diesmal klang ihre Stimme etwas freundlicher. Ich möchte einfach nicht mehr daran erinnert werden, verstehen Sie? Ja, antwortete er, ich verstehe Sie sehr gut. Es war ein Albtraum. Aber seitdem habe ich keine Ruhe mehr. Ich bin ein paarmal vor ihrer Tür gestanden, habe aber nicht gewagt zu klingeln. Ich wollte Ihnen nur sagen, dass es mir leidtut, dass ich Ihnen nicht geholfen habe und dass ich mich dafür schäme. Schon gut, murmelte sie. Sie sind ja für das Verhalten anderer nicht verantwortlich. Ich hätte mich ihm entgegenstellen müssen, sagte er. Ich hätte Sie beschützen müssen. Sie hob die Schultern. Sie waren eben betrunken. Sie redeten noch eine Weile weiter. Am Ende, ehe sie in ihr Auto stieg, hatte sie sich bereit erklärt, ihn an einem der kommenden Tage zu besuchen. Er hatte sie zu einem Abendessen einladen wollen, doch sie sagte, das sei ihr zu persönlich. Ich komme auf einen Kaffee, sagte sie. Sie verabredeten sich für einen Nachmittag, und als sie nach Hause kam, sich umzog und die Einkäufe verstaute, wurde ihr erst bewusst, dass sie sich darauf freute.

Drei Tage später klingelte sie bei ihm, fuhr mit dem Lift in den obersten Stock. Er wartete an der Tür, führte sie in die Wohnung, die wesentlich größer war als ihre. Auf einem langen Tisch auf der Terrasse war bereits gedeckt. Er schenkte Kaffee ein, bot ihr Kuchen an. Ein Gespräch kam nur zögerlich in Gang, doch ein paar Stunden später, als sie immer noch auf seiner Terrasse saßen, hatte jeder dem anderen so viel von sich erzählt, dass sie beide fast gleichzeitig erschraken. Oh, sagte sie und hielt sich eine Hand vor den Mund, ich habe ganz vergessen, dass wir einander erst seit ein paar Stunden kennen. Genau genommen kennen wir uns bereits seit ein paar Wochen. Aber es ist besser, wenn wir erst heute mit dem Zählen beginnen, erwiderte er. Welchen Tag haben wir heute?, fragte sie. Heute ist Samstag, der 23. Mai. Den Tag werde ich mir merken, sagte sie.

Inzwischen standen auf dem Tisch auf der Terrasse zwei Gläser und eine Flasche Champagner in einem Kühler. Er schenkte die Gläser noch einmal voll, danach war die Flasche leer. Sie stießen erneut an, zum vierten oder fünften Mal. Dann schwiegen sie eine Weile. Jeder hing seinen Gedanken nach. Sie schauten beide über den See, über dem bald die Sonne untergehen würde. Sie hatte ihm von ihren Eltern erzählt, von einem Vater, der getrunken hatte und den Frauen nachgestiegen war. Von einer verbitterten Mutter, die geschwiegen hatte. Sie hatte ihm von ihrer Halbschwester erzählt. Ich war dreizehn Jahre alt, hatte sie gesagt. Ich kam von der Schule und wartete auf den Bus, als eine Frau mit einem Kinderwagen auf mich zukam, mich beim Namen nannte und mir erklärte, das Kind im Wagen sei meine Schwester. Ich konnte nichts erwidern, starrte nur in diesen Wagen, in dem ich ein winziges schlafendes Gesicht sah. Ich blieb stumm und starrte so lange auf dieses Wesen, bis die Frau sich abwandte und den Wagen weiterschob. Daran musste er nun denken, während er sie betrachtete. Sie schaute über den See, hielt das Glas in der Hand. Er stellte sich vor, wie sie vor dem Kinderwagen gestanden war, wie sie geschaut hatte, als die Frau davongefahren war, ohne ein weiteres Wort zu sagen. Jetzt schaute sie zu ihm her. Ich finde, Hundetrainer ist ein fabelhafter Beruf, sagte sie. Er lachte. Sie lachte auch. Wenn sie lachte, erschien auf einer ihrer Wangen ein Grübchen. Er stellte sich vor, wie er sie seinem Vater vorstellen würde. Stellte sich vor, wie der

Vater in ihrer Abwesenheit über sie reden würde. Wie viele Jahre ist sie älter als du?, würde er fragen. Fünf, würde er antworten. Ich weiß gar nicht, was du an ihr findest, würde der Vater fortfahren, sie ist weder besonders attraktiv noch besonders gebildet. Sie passt nicht in unsere Familie. Zu unseren Freunden. Er schaute ihr zu, sah, wie sie aufstand, sich ein wenig dehnte, auf Socken – die Schuhe hatte sie in der Garderobe ausgezogen, obwohl er protestiert hatte – über die Terrasse ging, sich an das Geländer lehnte. Er rief ihr zu, ich mache uns was zum Abendessen. Sie nickte. Wandte sich aber nicht um. Sie trug eine lange Strickjacke. Sie gehörte ihm. Er hatte bemerkt, dass sie fror, und die Jacke geholt. Ich habe nichts Warmes mitgenommen, weil ich nicht dachte, dass ich so lange bleiben würde, hatte sie gesagt.

(28) Wie früher

Er war mit dem Bus gefahren. An der Haltestelle am Ende der Siedlung ausgestiegen. Er war zum ersten Mal da, wusste nicht, ob sie überhaupt zu Hause war. Sie wohnte noch nicht lange in der Siedlung. Straße und Hausnummer hatte er auf einem Briefkuvert gesehen. Den Brief hatte sie seinem Vater geschickt. Er hatte ihn nicht gelesen, hatte aber gehört, wie der Vater am Telefon mit jemandem über sie sprach. Er hatte gehört, wie sein Vater sagte, das Geld habe sie in kurzer Zeit auf den Kopf gestellt, den neuen Wagen, den sie sich gekauft habe, zu Schrott gefahren. Jetzt will sie mehr, hat mir geschrieben, ich hätte sie hintergangen. Droht mir – er wusste nicht mehr, womit sie dem Vater gedroht haben soll, das Wort hatte er sich nicht gemerkt. Der Vater hatte Recht, die Siedlung sah ziemlich heruntergekommen aus. Genau wie sie, hatte der Vater gesagt. Sie ist dort gelandet, wo sie hergekommen ist. Ein Wohnblock reihte sich an den anderen, dazwischen Wege. Die Hausnummern waren auf die Fassaden gemalt, in riesigen Ziffern und unterschiedlichen Farben, die

Hauseingänge verstellt mit Müllcontainern, Fahrrädern, Gerümpel. Es roch nach Urin und Schimmel. Als er den Weg suchte, musste er an einer Gruppe laut streitender Jugendlicher vorbei. Manche waren jünger, manche älter als er. Ein Mädchen schrie, feuerte die Streitenden an. Sie hatte violette Haare, Piercings in der Nase und in den Ohren. Sie rauchte und schubste ihn, als er versuchte, an der Gruppe vorbeizukommen. Er war froh, dass ihn keiner aufhielt, dass ihn sonst keiner beachtete. An einem der letzten Häuserblocks fand er die richtige Nummer. Er hörte das Rauschen des Flusses, suchte den Namen auf der Klingelleiste, fand ihn aber nicht. Die Tür war abgesperrt. Er wartete. Stellte sich in den dunklen Vorhof. Als eine Frau hinter der Glastür auftauchte und das Gebäude verließ, ging er rasch hinein. Dann suchte er in vier Stockwerken ihren Namen auf einer Türklingel. Am Ende gab es nur eine Tür im Erdgeschoss, die ohne Schild war. Dort klingelte er. Er klingelte mehrfach, hörte Geräusche aus der Wohnung. Er klopfte an die Tür. Mach auf, sagte er mit dem Mund an der Tür, bitte. Dann stand sie vor ihm. Entweder hatte sie geweint oder getrunken. Sie hatte rote Augen. Er drückte sich an sie. Sie roch nicht gut, aber es war ihm egal. Jetzt umarmte sie ihn, schluchzte dabei. Komm rein, sagte sie. Schloss hinter ihm die Tür. Es ist nicht aufgeräumt und es geht mir nicht gut, sagte sie, aber komm rein. Ihre Hände lagen auf seinen Schultern, sie drückte ihn weg, betrachtete ihn, zog ihn wieder an sich. Ich freue mich, dass du da bist, sagte sie. Bist du krank?, fragte er. Sie schüttelte den Kopf. Zog ihn in die Wohnung. Er sah nur ein Zimmer, eine Kochnische, vielleicht gab es ein zweites Zimmer. Es musste doch ein Schlafzimmer geben. Setz dich, sagte sie. Deutete auf die Couch. Ich mach dir was zu trinken. Auf der Couch lagen Decken, Kissen, ein großes Kopfkissen, das in einem Bettbezug steckte. Er kannte den Bezug. Manchmal war er nachts in ihr Zimmer gegangen und hatte sich zu ihr gelegt, seinen Kopf neben ihren Kopf auf das Kissen. Wenn der Vater verreist war.

Sie kam mit einem Glas Saft zurück, stellte es auf den Couchtisch, räumte die Gläser, den vollen Aschenbecher, eine Chipstüte, einen Teller, auf dem sich Spuren von Tomatensoße befanden, weg. Weiß er, dass du da bist?, fragte sie, als sie mit einem Lappen aus der Kochnische kam, den Tisch abwischte. Er schüttelte den Kopf. Er ist verreist, sagte er. Bis übermorgen. Und woher weißt du, dass ich hier wohne? Ich habe deine Adresse auf einem Kuvert gesehen. Wie lange wohnst du schon hier? Seit vier Wochen. Es ging mir nicht gut und ich hatte kein Geld mehr. Aber nächste Woche beginne ich zu arbeiten. Wo? In einem Laden. In einem schicken Laden, sagte sie und lachte. Sie setzte sich zu ihm, zog die Beine auf die Couch, legte einen Arm um seine Schultern. Hübsch bist du, sagte sie. Aber das warst du schon immer. Geht es dir gut? Er hob die Schultern, drückte sein Gesicht in ihre Achselbeuge. Sie roch nicht gut, aber es war ihm egal. Weißt du was, sagte sie, ich ziehe mich an, dann machen wir einen Spaziergang. Die Umgebung hier ist schön, wir können am Fluss entlang bis zum Seeufer gehen. Erinnerst du dich an den kleinen Teich, im Wäldchen? Er nickte. Du hast immer die Frösche angestupst und gejauchzt, wenn sie davonsprangen. Erinnerst du dich? Wieder nickte er. In seinen Augen waren Tränen. Er wollte sich abwenden, aber sie hatte es schon gesehen. Kannst du nicht wieder nach Hause kommen?, fragte er. Sie schüttelte den Kopf. Nein, sagte sie, es tut mir leid, aber es geht nicht. Magst du ihn nicht mehr?, fragte er. Sie erwiderte nichts. Kannst du nicht wegen mir zurückkommen?

Es war halbwegs warm, als sie hinausgingen. Die Sonne zeigte sich, nachdem es den ganzen Vormittag und über Mittag geregnet hatte. Sie hatte die Haare zusammengebunden, trug eine Sportjacke und Gummistiefel. Jetzt sah sie wieder aus wie früher. Sie stiegen über riesige Steine zum Flussufer. Der Fluss führte viel Wasser. Weiter vorne, wo der See begann, sah man, wie das Flusswasser in den See floss. Das Flusswasser hatte eine andere Farbe als der See. Es sah aus, als würde ein Fluss durch den See fließen. Später gingen sie durch das Dickicht des kleinen Wäldchens, suchten den Weg zum Teich und fanden ihn. Sie hörten schon die Frösche, bewegten sich vorsichtig, gingen in die Hocke, als sie den ersten im Schilf entdeckten. Joachim brach einen langen Halm ab. Der Frosch war grün mit schwarzen Punkten. Er starrte zu ihm her, blies die Backen auf. Als Joachim ihn mit dem Halm berührte, machte er einen Sprung, verschwand im Wasser, tauchte einen halben Meter weiter wieder auf. Je länger sie da saßen, umso mehr Frösche und Kröten sahen sie. Er musste lachen, als er eine Kröte sah, die auf einer anderen hockte. Er wusste, was geschah. Er wusste alles, wusste, wie es vor sich ging, bei Tieren wie bei Menschen. Sie sahen kleine, junge Frösche, grüne und braune, Laubfrösche, Springfrösche, Grasfrösche, eine Kröte mit Warzen, ein paar andere mit grünen und braunen Flecken. Wenn sie ganz still waren und sich nicht bewegten, quakte es rundherum. Als sie schließlich weitergingen und wieder auf den Weg am Fluss kamen, schlug sie ihm vor, gemeinsam irgendwo zu Abend zu essen. In einem Gasthaus, einer Pizzeria, einem Imbiss. Ja, sagte er, ich würde gerne einen Burger essen. Nicht doch lieber eine Pizza?, fragte sie. Er nickte, ihm war alles recht. Sie gingen zurück in die Wohnung, sie zog sich um, machte sich ein wenig zurecht. Sie nahmen den Bus, stiegen zwei Stationen weiter aber schon wieder aus. In der Pizzeria waren sie die ersten Gäste. Es war noch früh, trotzdem konnten sie bereits bestellen. Er sah sich um. Ich weiß, es ist nicht besonders schön hier, sagte sie, aber ich wollte nicht zu weit weg. Warum wohnst du hier?, fragte er. Gibt Papa dir kein Geld? Er hat mir Geld gegeben, erwiderte sie, aber ich habe alles schon verbraucht. Sie lachte. Hast du dein Auto kaputt gefahren?, fragte er. Stimmt das? Sie nickte. Der Kellner kam, brachte Limonade und ein Glas Wein für sie. Der Kellner war unfreundlich. Er schaute in eine Ecke des Gastraums, während er die Bestellung aufnahm, nahm ihnen die Speisekarten aus der Hand, klappte sie geräuschvoll zu und ging Richtung Theke. Dort sagte er etwas. Es sah aus, als wäre außer ihm niemand da, aber vermutlich hatte er zu jemandem in der Küche gesprochen. Danach stand er an der Theke und schaute in eine andere Ecke.

Sie fragte ihn, wie es ihm in der Schule ging. Erkundigte sich nach seinen Freunden. Er sagte, ich hatte einen Freund, aber er kommt nicht mehr. Warum nicht?, fragte sie. Er hob die Schultern. Ich glaube, weil wir reich sind. Sie schaute ihn an, strich ihm über die Haare. Vielleicht ist er neidisch, sagte sie. Ja, vielleicht. Er wollte einen Hund haben und darf nicht. Ich habe ihm gesagt, dass wir zwei Hunde aus dem Tierheim holen, einen für mich, einen für ihn.

Ich habe gesagt, dass sein Hund bei uns wohnen kann, wenn es bei ihm nicht geht, und dass wir dann mit beiden Hunden spazieren gehen und dass sein Hund auch bei uns fressen kann. Aber seither ist er nicht mehr gekommen. Vielleicht hat er sich geschämt, sagte sie. Das musst du verstehen. Er nickte. Dann kam die Pizza, eine mit Salami für ihn, eine mit Ananas für sie. Nach ein paar Bissen tröpfelte sie scharfe Soße, die auf dem Tisch stand, auf ihre Pizza. Er machte es ihr nach. Nicht so viel, sagte sie. Die Pizza war jetzt scharf, aber man spürte nicht mehr, dass sie fett war und nach nichts schmeckte. Es wird schon dunkel, sagte sie, nachdem sie gegessen und bezahlt hatten. Weißt du was, ich begleite dich nach Hause. Er freute sich, hätte sie am liebsten umarmt, sagte aber nur: Cool.

Es war Licht im Haus. Sie brachte ihn zur Haustür, sagte: Also dann. Nein. Sofort kamen ihm die Tränen. Bitte, sagte er, bitte komm mit rein. Ich weiß nicht, erwiderte sie. Alice ist doch da. Ja, sagte er, aber sie verrät uns nicht. Er hatte die Tür bereits aufgeschlossen. Zögernd trat sie mit ihm ein. Alice kam ihnen entgegen. Ich wollte ihn nur nach Hause bringen. Alice umarmte sie, drückte sie an sich. Bitte bleiben Sie, ich mache was zu Essen. Wir haben schon gegessen, sagte er. Dann mache ich Tee. Ein Glas Wein wäre mir lieber. Natürlich, sagte Alice. Sie setzten sich in das Wohnzimmer, schalteten den

Fernseher ein, machten es sich auf der Couch gemütlich. Alice brachte Wein, Nüsse in einer Schale, selbst gemachte Kekse und Limonade. Setzen Sie sich zu uns, sagte sie. Trinken Sie ein Glas mit mir. Eine Weile saßen sie dann zu dritt, unterhielten sich wie früher, während irgendein Film lief, für den sich keiner interessierte. Alice verschwand zwischendurch, und sie kuschelten sich in die Ecke der Couch, in der sie früher immer gesessen waren. Sie kraulte ihm den Hals, die krausen Haare im Nacken. Ein paarmal ging sie hinaus, auf die Terrasse, um eine Zigarette zu rauchen. Als Alice sich in ihr Zimmer verabschiedete, sagte sie: Ich habe das Gästebett für Sie hergerichtet. Und als sie ihren fragenden Blick sah: Er wird nichts merken. Also blieb sie. Geh schon voraus, sagte sie zu ihm, wir schlafen beide im Gästezimmer. Ich komme nach. Kommst du wirklich?, fragte er. Ja, sagte sie. Aber ich möchte noch ein bisschen im Dunkeln sitzen und hinausschauen. Dann zünde ich dir eine Kerze an und lösche das Licht, sagte er. Danke, sagte sie. Küsste ihn auf die Stirn. Ich komme bald. Lass dir Zeit, erwiderte er, zündete eine Kerze an, löschte das Licht und schob die Vorhänge auf, sodass man die Lichter der Siedlungshäuser, der Straßenlaternen, der Hochhäuser und die Bergrücken in weiter Entfernung sah. Ein heller Mond stand am Himmel, Wolkenfelder, die rasch dahinzogen.

Am nächsten Morgen – sie hatten beide lange geschlafen, es war Samstag, und er hatte keine Schule – frühstückten sie. Alice hatte Eier gekocht, Früchte klein geschnitten, heiße Toastscheiben in eine Serviette eingeschlagen. Sie saßen auf der Terrasse. Ihm schien, als wäre sie bereits nicht mehr da. Sie hatte wieder diesen Blick, der ihn immer nur kurz streifte, um dann irgendwo, über der Siedlung, über den Bergen, in den Wolken, hängen zu bleiben. Sie trank eine ganze Kanne Kaffee, rauchte mehrere Zigaretten, ehe sie ging. Wir könnten heute noch etwas unternehmen, sagte er, er kommt erst am Abend zurück. Sie umarmte ihn. Bald wirst du mich regelmäßig besuchen können, sagte sie. Ich werde eine schöne Wohnung haben, mit genügend Platz für uns beide. Ich werde arbeiten und genug Geld verdienen. Er winkte, sah sie die Straße hinaufgehen. Schaute ihr nach, bis sie aus seinem Blickfeld verschwand.

(29) Der Beobachter

Inzwischen war es an manchen Tagen schon sehr heiß. Eine Südströmung, die aus Afrika kam, ließ die Temperaturen ansteigen. Nachts gab es heftige Gewitter, ohne dass sich die Luft abkühlte. Im Gegenteil, die Luftfeuchtigkeit stieg, und kaum war man draußen ein paar Schritte gegangen, klebten die Haare im Nacken und über der Stirn und die Kleidung am Körper. Ich hatte im Laden unten eingekauft. Zog mich um, als ich wieder in der Wohnung war, stellte Wasser für den Hund hin und setzte mich mit einer Tasse Tee auf den Balkon. Zum Glück habe ich keinen Südbalkon, und zum Glück wohne ich im sechsten Stock. In dieser Höhe weht immer ein leichter Wind, zumindest erscheint es mir so. Ich stellte den Laptop vor mich auf den Balkontisch und loggte mich ein: Nova Scotia Webcams – South Shore – Peggy's Cove Lighthouse. Mir bot sich das übliche Bild. Touristen, die zum Leuchtturm spazierten oder von dort kamen. Das Meer graublau, der Himmel etwas heller. Weiße Haufenwolken, die sich nicht zu bewegen schienen. 13,3 Grad. Die Menschen trugen lange oder halblange Hosen, Sportschuhe, Jacken, Hüte oder Kappen, Umhängetaschen, Fotoapparate. Sie knipsten alle dieselben Motive: den Leuchtturm, die Klippen und das Meer, Menschen vor dem Leuchtturm, Menschen auf den Klippen vor dem Meer. Hin und wieder kam ein Auto die Straße heraufgefahren. Andere fuhren in die Gegenrichtung. Das Dach eines geparkten Wohnmobils verdeckte den unteren Teil des Webcam-Ausschnitts. Die Menschen trugen bunte Kleidung, rote, gelbe, orangefarbene Jacken. Ein Paar mit einem Hund in der Mitte. Eine Frau trug in jeder Hand eine große Tasche, man sah, dass es schwere Taschen waren. Sie setzte sich auf einen der hohen Begrenzungssteine am Straßenrand. Ein Bus – weiß mit roten und blauen Linien – fuhr vorbei, verdeckte die Frau. Danach war sie verschwunden, nirgends mehr zu sehen. Ich wechselte zu Peggy's Cove Village. Kleine Blockhäuser, Fischerhäuser, Bootshäuser, Boote, die am Ufer des schmalen Fjords ankerten. Im Vordergrund die Straße. Ab und zu ein Auto. Auch hier Touristen mit Umhängetaschen, in Freizeitkleidung, mit Strohhüten und Kappen. Sie fotografierten die Boote, den Fjord, die Häuser. Einer fotografierte den anderen, manche stellten sich zu einer Gruppe zusammen und wurden fotografiert. Dann stellte sich der Fotograf in die Gruppe und ein anderer fotografierte. Ich wechselte noch zu Eastern Shore – Liscombe Lodge. Dort hatte es 12,9 Grad. Der Weiher mit der kleinen Grasinsel darin, den ich zuletzt im Herbst des vergangenen Jahres gesehen hatte, war inzwischen von frühlingshaftem Grün umgeben. Damals hatte das Laub der Bäume rot und gelb geleuchtet. Der Himmel war überbelichtet. Etwas, das flog – es war nicht auszumachen, ob es sich um ein Insekt oder einen Vogel handelte –, bewegte sich im Bild, verschwand, tauchte immer wieder auf.

Mein Freund, der Fotograf, hatte mich nach Kanada eingeladen. Er wusste vermutlich, dass ich nicht kommen würde. Damals im Herbst, während er ein paar Monate in seinem Haus in Kanada lebte, hatten wir vereinbart, dass er sich in Liscombe Lodge vor die Webcam stellen und mir zuwinken würde. Wir hatten einen Zeitpunkt vereinbart. Ich hatte fast eine Stunde vor dem Bildschirm gewartet, mehr als das Wasser und ein paar Blätter hatten sich nicht bewegt. Dann war er plötzlich aufgetaucht. Seine Bewegungen waren genauso ruckartig wie die des Wassers. Er stand in einiger Entfernung vor der Kamera und winkte. Ich winkte zurück, was er natürlich nicht sehen konnte. Er stellte sein Stativ auf, montierte den Fotoapparat und setzte darauf ein Stofftier, das in meine Richtung schaute. Ich konnte nicht genau erkennen, was es war, hielt es für einen Bären. Später erfuhr ich, dass es sich um ein Schaf handelte, das fast so alt war wie mein Freund, der Fotograf. Heute ist in Liscombe Lodge kein einziger Mensch aufgetaucht. Ich habe auch keine Tiere gesehen, nur diesen verschwommenen Flugkörper. Mein Freund schickt mir hin und wieder E-Mails. Ich schreibe dann zurück. Er schickt mir auch Bilder aus Kanada. Von seinem Blockhaus, das allein auf einer Anhöhe steht. Er schreibt, dass er manchmal tagelang keine Menschen sieht. Er wandert durch die Gegend, schlägt Holz in seinem Wald. Auf einem der Bilder ist er selbst in seinem Haus zu sehen. Neben ihm läuft der Fernseher, im Bild eine afroamerikanische Moderatorin oder Nachrichtensprecherin. Man sieht, dass sie spricht, während er auf den Selbstauslöser drückt. Sein Gesichtsausdruck wirkt ernst und irgendwie ratlos. Vielleicht mag ich dieses Bild deshalb so gern.

In Peggy's Cove war es Mittag, es hatte 13,9 Grad, während es bei uns langsam Abend wurde. Als ich ein Geräusch hörte, beugte ich mich vor und sah den Mann mit dem glatt rasierten Kopf, dem wulstigen Nacken und den Piercings in den Ohren auf seinem Balkon schräg unter mir. Er rauchte und schaute nach unten. Ich beugte mich weiter vor. Sah, dass er wieder die Frau aus dem Einfamilienhaus beobachtete. Sie saß auf einer Bank hinter dem Haus. Sie trug kurze Hosen, man sah ihre Schenkel, und auch ihre Füße waren nackt. Ich sah, wie sich der Mann mit dem Stiernacken vor und zurück bewegte. Mit seinem Becken prallte er jedes Mal unsanft gegen das Balkongeländer. Ich hatte mich so weit vorgebeugt, dass ich gegen die Teetasse stieß. Es klirrte, wodurch der Mann auf mich aufmerksam wurde. Ich wollte mich zurückziehen, aber er hatte mich bereits entdeckt. Er stand da, sah zu mir herauf, sekundenlang starrten wir einander an. Ich nickte, deutete einen Gruß an, aber er grüßte nicht zurück. Er war wütend, ich sah es in seinen Augen. Es war ihm klar, dass ich ihn beobachtet hatte. Plötzlich hob er einen Arm, zeigte mit ausgestrecktem Mittelfinger in meine Richtung.

(30) Ein Zimmer für mich

Herr Agostini hatte sich nach seinem Unfall nicht mehr richtig erholt. Zwar waren seine Wunden verheilt, die Knochen halbwegs zusammengewachsen, aber eine Lungenentzündung hatte ihn so geschwächt, dass er seither eine Gehhilfe benötigte und an besonders schlechten Tagen sogar im Rollstuhl saß. Wie seine Frau. Nun lebten die beiden wieder zusammen. Man hatte seine Frau umquartiert, in eine größere Wohneinheit mit zwei Zimmern. Im kleineren stand das Doppelbett, im größeren standen weitere Möbelstücke aus ihrer früheren gemeinsamen Wohnung. Frau Agostini saß in ihrem Rollstuhl am Fenster. Ihr Mann in einem Lehnstuhl. Hem zu seinen Füßen. Man hatte Herrn Agostini erlaubt, den Hund zu behalten, aber nur, solange er selbst in der Lage war, ihn zu versorgen, was ihm manchmal nur mit großer Mühe gelang. Es war früh am Morgen. Gleich nach dem Frühstück hatte der alte Herr Hem in die Wiese hinter dem Seniorenheim geschickt. Er selbst war im überdachten Eingangsbereich zur Küche gestanden, weil es regnete. Der Hund war nicht lange ausgeblieben, auch er mochte den Regen nicht. Nach ihrer Rückkehr hatte Herr Agostini im Zimmer Futter und frisches Wasser für Hem hergerichtet. Seine Frau hatte – wie so oft in den vergangenen Wochen – über alles Mögliche geklagt. Über Hems schmutzige Pfoten, über den Geruch des Futters, über die Pfütze, die sich unter der Wasserschüssel gebildet hatte.

Herr Agostini hatte sich zunächst an den Tisch gesetzt, die Zeitung von vorne bis hinten gelesen, dazu Kaffee getrunken. Und nun saß er im Lehnstuhl, schaute auf die Straße, betrachtete die Menschen, die auf den Gehsteigen auf und ab gingen – es waren an diesem Morgen nicht viele –, und die Hotelgäste, die in der sich automatisch öffnenden Glastür erschienen und entweder hineingingen oder das Hotel verließen. Die meisten spannten ihre Regenschirme auf, sobald sie ins Freie traten, andere, die von der Straße kamen, schüttelten sie aus. Die Fahrräder vor dem Hotel, die alle in derselben Farbe gestrichen waren und von den Gästen ausgeliehen werden konnten, blieben an diesem Morgen unbenützt. Herr Agostini hätte gerne einen kleinen Spaziergang mit Hem gemacht, aber es war nicht möglich, sich gleichzeitig an der fahrbaren Gehhilfe festzuhalten und einen Schirm zu tragen. Soll ich dir einen Apfel schälen?, fragte er seine Frau, erhielt aber als Antwort nur ein unverständliches Murren.

Sollte sich das Wetter bessern, setzen wir uns am Nachmittag auf die Terrasse und trinken dort unseren Kaffee, fuhr er fort. Aber auch diesmal schien Frau Agostini nicht willens, auf die Bemerkung ihres Mannes einzugehen. Erst vor wenigen Tagen hatte er draußen auf dem Gang mit einer der Schwestern über seine Frau gesprochen. Ich weiß nicht, was mit ihr ist, hatte er gesagt. Manchmal habe ich den Eindruck, dass es ihr nicht recht ist, dass ich da bin. Die Schwester war sehr nett gewesen und hatte versucht, ihn zu beruhigen. Was ihr zunächst auch gelungen war. Jaja, hatte er gesagt, als er etwas später draußen auf der Terrasse auf seinem Rollwagen gesessen war. Ich kann immerhin noch ein wenig gehen, während sie den ganzen Tag im Rollstuhl oder im Fernsehsessel verbringt. Und vielleicht ist sie auch ein wenig eifersüchtig, weil ich dich habe. Hem schaute zu dem alten Mann auf, wie immer, wenn der mit ihm sprach. Es sah aus, als würde er aufmerksam zuhören. Herr Agostini hatte auf der Terrasse eine Zigarette geraucht. Das Personal des Seniorenheims wusste, dass er rauchte. Nur seine Frau wusste es nicht.

Auch jetzt überkam ihn wieder die Lust auf eine Zigarette. Ich mache einen kleinen Rundgang durch das Haus, sagte er zu seiner Frau. Soll ich dir vom Kiosk eine Zeitschrift mitbringen? Oder ein Buch aus der Bibliothek? Du weißt doch, wie sehr mich das Lesen anstrengt, erwiderte sie. Meine Augen werden immer schlechter. Soll ich den Fernsehapparat einschalten und ein Programm für dich suchen? Das kann ich selber, sagte sie. Herr Agostini fuhr mit seinem Rollwagen zur Kommode, stellte einen Teller mit Apfel und Messer auf den Wagen, fuhr damit zum Tisch und stellte alles dort ab. Vielleicht bekommst du doch noch Appetit auf einen Apfel, sagte er. Danach verließ er das Zimmer. Da es noch immer regnete, stellte er sich wieder unter das Dach vor der Küche, rauchte und versuchte, die Gedanken, die ihm durch den Kopf gingen, zu vertreiben. Es nutzt ja nichts, sagte er laut, es lässt sich eben nicht ändern. Er dachte an den Jungen, der am Nachmittag nach der Schule wiederkommen würde. Wie gut, dass er ihn kennengelernt hatte. Er war ihm auf dem Radweg begegnet. Vor seinem Unfall. Der Junge war auf ihn zugekommen und hatte gefragt, ob er Hem streicheln dürfe. Natürlich darfst du ihn streicheln, hatte Herr Agostini erwidert. Er mag es gern. Herr Agostini hatte sofort gemerkt, dass der Junge den Hund mochte. Und umgekehrt fühlte sich der Hund bei dem Jungen von Anfang an wohl. Musst du nicht nach Hause?, hatte er ihn gefragt, aber der hatte nur erwidert: Es eilt nicht. Sie hatten sich auf eine Bank gesetzt, Herr Agostini, Benjamin und der Hund. Der alte Mann hatte erfahren, dass der Junge oft allein war und gerne einen eigenen Hund gehabt hätte, dass er aber nicht durfte. Weißt du was, hatte er gesagt, du kannst Hem jederzeit holen und ausführen. Meine Beine werden immer schlechter, und an manchen Tagen bin ich sehr müde. Was glaubst du, wie froh ich bin, wenn du dann mit meinem Hund um die Häuser ziehst. Echt?, hatte der Junge gesagt, und von da an war er regelmäßig gekommen. Immer am Nachmittag nach der Schule hatte er bei Herrn Agostini geklingelt und den Hund zum Ausgehen geholt. Manchmal waren sie auch zusammen durch die Gegend spaziert. Gut, dass mir Benjamin seine Telefonnummer gegeben hat, sagte Herr Agostini, als er an diesem regnerischen Frühsommermorgen unter dem Dach des Kücheneingangs saß. Stell dir vor, er hätte nicht erfahren, dass ich einen Unfall hatte. Sicher hätten sie dich ins Tierheim gebracht, wenn er sich nicht sofort um dich gekümmert hätte.

Draußen regnete es nach wie vor, als Herr Agostini ins Zimmer zurückkehrte. Seine Frau saß immer noch am Fenster. Der Apfel war nicht geschält worden. Hast du denn gar keinen Appetit, meine Liebe?, fragte Herr Agostini. Frau Agostini, die sich nicht gerührt hatte, als er zurückgekommen war, drehte nun so ruckartig an den Rollstuhlrädern, dass sich das Gefährt um hundertachtzig Grad drehte. Ich möchte wieder in mein altes Zimmer zurück, sagte sie. Aber warum?, fragte ihr Mann. Weil. Weil.

Schon befürchtete Herr Agostini, dass seine Frau gleich in Tränen ausbrechen würde. Was aber nicht geschah.

(31) Ayse ist tot

Schön, dass du mich wieder mal besuchst. Ist das dein Hund? Nein. Er gehört einem alten Mann in der Siedlung. Er ist gestürzt und kann im Moment nicht gehen. Komm doch rein. Mit dem Hund? Klar. Er ist bestimmt schmutzig. Hat ja geregnet. Na, dann warte, ich hol was. Als er mit einem Handtuch wiederkam, gingen sie beide vor dem Hund in die Hocke. Ben nahm ihm das Tuch aus der Hand. Lass, ich mach das schon. Er trocknete dem Hund die Pfoten. Der ist aber süß. Wie heißt er? Hem. Hem? Komisch. Was ist daran komisch? Er hob die Schultern. Hab ich noch nie gehört. Eigentlich heißt er Hemingway. Er nahm das Tuch wieder entgegen, stand auf. Komm schon rein. Weißt du, wer das ist? Hemingway? Keine Ahnung. War so ein Dichter. Ist aber schon lange tot. Sie gingen in die Küche. Er nahm eine Schüssel, füllte Wasser ein, stellte die Schüssel auf den Boden. Der Hund schnupperte daran, trank aber nicht. Er hat keinen Durst. Sie standen beide da. Betrachteten den Hund. Der schaute zu Ben auf. Setz dich doch. Willst du was trinken?

Ja, okay. Er nahm zwei Gläser aus einem Regal, füllte sie mit Sirup und Wasser. Es ist noch Kuchen da, willst du? Ben nickte. Ist Alice nicht da? Er schüttelte den Kopf. Sie ist einkaufen gegangen. Ben seufzte, trank, stocherte mit der Gabel im Kuchen. Schmeckt er dir nicht? Doch, schmeckt. Hast du keinen Hunger? Warum? Weil du nicht isst. Ben legte die Gabel weg. Ich esse später. Sollen wir fernsehen? Oder was willst du tun? Ja, von mir aus. Fernsehen.

Sie gingen ins Wohnzimmer. Er setzte sich auf die Couch, Ben in die andere Ecke. Er klopfte auf die Couch. Na los, komm schon. Der Hund saß auf dem Teppich. Schaute Ben an. Doch nicht auf die Couch, sagte Ben. Klar, warum nicht? Na komm schon, Hem. Aber Hem kam nicht. Er legte sich hin, neben Bens Füße, seufzte. Joachim zappte durch verschiedene Sender. Was willst du sehen? Mir egal. Ich kann auch wieder ausschalten. Was sollen wir dann machen? Wir könnten Hem ein paar Kunststücke beibringen. Was denn? Pfote geben. Kann er schon. Soll ich mal einen Ball holen? Wozu? Er schwieg. Hast du schlechte Laune? Doch Ben antwortete nicht. Sag mal, warum warst du nicht mehr in der Schule? Ich war krank. So lange? Du hast fast zwei Wochen gefehlt. Ja. Und jetzt? Bist du wieder gesund? Weiß nicht, noch nicht ganz. Ich muss jetzt auch gleich wieder gehen. Du bist doch gerade erst gekommen. Ich muss den Hund zurückbringen.

Kann ich mitkommen? Warum? Vielleicht kann ich Hem dann auch einmal ausführen. Falls du wieder krank wirst. Ich werde nicht mehr krank. Willst du nicht, dass ich mitkomme? Nein. Wieder schwiegen sie. Im Fernsehen lief eine Sitcom, sie starrten beide auf den Bildschirm. Meine Mutter war da. Aha. Sie hat sogar hier übernachtet. Ben erwiderte nichts. Mein Vater war ein paar Tage weg, deshalb hat sie hier übernachtet. Ben sagte noch immer nichts. Wahrscheinlich werde ich zu ihr ziehen. Wo wohnt sie denn? Im Moment ist die Wohnung noch zu klein für uns beide. Aber bald verdient sie viel Geld, dann nimmt sie eine größere Wohnung. Aha. Vielleicht gehe ich dann nicht mehr in dieselbe Schule. Mhh. Ist dir egal, oder? Ben sagte nichts. Nach einer Weile stand er auf. Komm, Hem, wir gehen jetzt. Darf ich ihn noch ein bisschen streicheln? Von mir aus. Joachim bückte sich, streichelte den Hund. Der hat aber ein struppiges Fell. Du musst ihn ja nicht anfassen, wenn dir sein Fell nicht gefällt. Mann, warum bist du so eklig? Ich mag struppige Hunde. Also dann. Wir sehen uns. Okay. Willst du den Kuchen vielleicht mitnehmen? Lieber nicht. Hab keinen Hunger. Vielleicht bist du immer noch krank? Kann schon sein. Alice könnte dir eine Suppe machen. Mit Huhn. Macht sie mir immer, wenn ich krank bin. Ich bin nicht krank. Es ist nur. Ja? Ayse ist tot. Ayse? Du kennst sie nicht. Sie wäre in unsere Schule gegangen. Aber jetzt ist sie tot. Warum? Ein Lastwagen hat sie überfahren. Sie war mit dem Fahrrad unterwegs. Aha.

(32) Müde

Ich glaube, die beiden mögen sich, sagte sie. Er nickte. Sie schauten ihnen eine Weile zu. Ich kenne den Hund, sagte sie. Gehört er nicht einem alten Mann, der am Stock geht? Ja, aber der hatte einen Unfall und kann kaum mehr gehen. Er kann nicht mehr zu Hause wohnen. Er wohnt jetzt im Altersheim. Deswegen gehe ich mit dem Hund spazieren. Das ist schön von dir, sagte sie. Er hob die Schultern. Ich hätte gerne einen eigenen Hund, aber das geht nicht. Die Hunde hatten einander beschnuppert, jetzt saßen sie da und warteten. Sie waren an der Kreuzung in der Kurve zusammengetroffen, nun gingen sie beide auf dem Gehsteig weiter. Wohnst du hier in der Nähe?, fragte sie. Er nickte. Deutete zum Hochhaus. Dort oben, sagte er. In welchem Stock? Im siebten. Sie schaute hinauf. Und wohin gehst du jetzt? Ach, nur so durch die Gegend. Sie deutete auf das Gebäude links. Es sah aus wie eine kleine Fabrik. Ich hab da oben eine Werkstatt. Willst du mitkommen? Wir können uns in den Garten setzen, da gibt es eine Bank. Er nickte. Ich hab auch was zum

Trinken im Kühlschrank. Ist ja ziemlich heiß heute. Schräg gegenüber der Einfahrt zum Hochhaus ging es in einen Hof. Zwischen einer Tischlerei und einem großen Wohnhaus auf einen gekiesten Vorplatz. Er schaute sich um. Sah einen Garten mit vielen Bäumen, Sträuchern, Gemüsebeeten. Schön, sagte er. Wohnst du hier? Sie schüttelte den Kopf. Da hinten ist meine Werkstatt, erwiderte sie. Manchmal schlafe ich auch da. Hast du dort ein Bett?, fragte er. Nein, eine Couch. Ist das deine Werkstatt?, fragte er, als sie die Tür aufsperrte. Bist du Hundefriseurin? Sie lachte. Nein, meine Werkstatt liegt hinter dem Hundesalon. Warum ist der Salon geschlossen?, fragte er. Die Friseurin arbeitet nur hin und wieder, antwortete sie. Ich glaube, sie hat noch eine andere Arbeit. Ich sehe sie oft tagelang nicht.

Dann waren sie in der Werkstatt. Er staunte. Bist du Malerin?, fragte er. Sie ließ sich in einen Sessel fallen. Ja, sagte sie, ich male und zeichne und mache Skulpturen. So wie diese?, fragte er und deutete auf einen weißen Kopf. Sie nickte. Entschuldige, sagte sie, ich muss mich nur kurz ein wenig ausruhen. Dann nehmen wir uns Getränke mit und setzen uns in den Garten. Bist du müde?, fragte er. Wieder nickte sie. Sie atmete schwer und schloss die Augen. Die Hündin hatte sich neben sie gelegt. Er betrachtete die Bilder und Skulpturen. Sie gefielen ihm. Sie waren nicht bunt, sondern fast nur schwarz und weiß und grau. Auf den Zeichnungen waren viele Striche. Wenn er ganz nah heranging, sah er ein Wirrwarr aus Strichen, aber sobald er sich ein wenig entfernte, sah er Gesichter und Figuren. Wie heißt du?, fragte sie nach einer Weile. Benjamin, aber die meisten sagen Ben zu mir. Ich heiße Karin. Also Ben, dann holen wir uns jetzt was aus dem Kühlschrank. Sie erhob sich. Er sah, dass es ihr schwerfiel. Hast du Schmerzen?, fragte er. Ja, sagte sie. Dann holte sie eine Packung Saft und eine Flasche Wein aus dem Kühlschrank, schenkte Wein in ein Glas und stellte es mit einem weiteren Glas und dem Saft auf ein Tablett. Er nahm es ihr ab. Ich kann es tragen. Er trug das Tablett in den Garten, sie ging voraus. Vorher auf der Straße war ihm gar nicht aufgefallen, wie langsam und schleppend ihr Gang war. Am Ende des Gartens stand eine Bank unter einem Baum, der krumm gewachsen war. Seine Äste breiteten sich aus wie ein Schirm. Er stellte das Tablett in die Mitte der Bank. Du machst das wie ein gelernter Kellner, sagte sie. Er lachte. Hinter dem Baum begann eine Wiese, die nach unten bis zur Straße abfiel. Wir sind ja hier auf einem richtigen Hügel, sagte er. Das ist der schönste Platz auf der Welt, sagte sie, aber sie lachte. Vielleicht meint sie es gar nicht ernst, dachte er. Was ist das für ein Baum?, fragte er. Eine Föhre, erwiderte sie. Die gibt es hier nicht oft. Deshalb ist es vermutlich so schön. Sie saßen jetzt auf der Bank.

Sie trank Wein, er Saft. Die Hunde lagen im Schatten. Ihre Hündin rollte sich auf den Rücken, streckte die Beine in die Höhe. Siehst du, sie fühlt sich wohl, sagte sie. Was ist das für eine Fabrik?, fragte er. Deutete auf die Tür. Eine Druckerei. Arbeitet da keiner? Der arbeitet hauptsächlich nachts, antwortete sie. Untertags macht er manchmal längere Pausen oder ist bei Kunden. Aha. Ich wusste gar nicht, dass es hier einen Garten gibt. Sieht man ihn nicht vom Hochhaus? Man sieht nur ein paar Bäume und die Dächer. Hast du Geschwister? Nein, ich lebe mit meiner Mutter allein. Arbeitet sie? Ja. Dann bist du viel allein. Ja. Gut, dass du auf den Hund aufpassen kannst. Ja. Wie geht es dir in der Schule? Gut.

Ein schwarzer Jeep brauste über den Hof, danach über den Weg zwischen Garten und Druckerei, bremste kurz vor der Bank ab, dass Kies aufspritzte. Ein Mann mit Bart und Haaren, die im Nacken zusammengebunden waren, stieg aus. Na, ihr habt es aber fein, sagte er. Und du bist wie immer zu schnell unterwegs, sagte die Frau. Der Mann steckte sich eine Zigarette an. Willst du Wein?, fragte die Frau. Ich hol mir lieber ein Bier, antwortete der Mann. Aber eigentlich sollte ich arbeiten. Naja, wird ohnehin wieder spät heute Nacht. Vermutlich stehe ich morgen früh noch in der Bude. Er sperrte die Tür zur Druckerei auf, ließ sie hinter sich offen. Das ist Peter, sagte Karin. Ein feiner Kerl.

Komm, wir machen dir Platz, sagte sie, als der Mann mit einem Bier wieder herauskam. Na, lass mal, ich steh lieber. Und du? Wer bist denn du? Das ist Ben, sagte Karin. Sie sagte es so, als würden sie einander schon lange kennen. Der Mann trank aus der Flasche. Er hatte einen Goldring im Ohr. Er war sehr dünn. Ben wohnt im Hochhaus und kümmert sich um den Hund eines alten Mannes, der nicht mehr gut zu Fuß ist. Der Mann mit den zusammengebundenen Haaren ging ein paar Schritte vor. Stellte sich ans Ende des Gartens, dort, wo die Wiese begann. Er wirkte nachdenklich. Schaute über die Siedlung. Trank und rauchte. Unterhielt sich dann eine Weile mit Karin. Aber Ben hörte nicht richtig zu. Er dachte an Ayse. Stellte sich vor, dass sie neben ihm auf der Bank saß. Sie trug ein weißes Kleid und blaue Sandalen. Auf ihrem rechten Fuß, ein paar Zentimeter über der kleinen Zehe, befand sich ein Muttermal. Es war sehr dunkel, fast schwarz, und so groß wie eine Erbse. Ben fuhr vorsichtig mit einem Finger über das Muttermal. Ayse lachte. Also dann, sagte der Mann, der Peter hieß, in diesem Moment. Man sieht sich. Er trank den letzten Schluck Bier aus seiner Flasche, drückte die Zigarette im Kies aus.

Karin und Ben blieben noch eine Weile sitzen. Tranken aus. Unterhielten sich über Hunde, Gärten, über die Schule, Freunde. Ben erzählte Karin nichts von Ayse. Was hätte er schon sagen sollen. Dass sie einander gerade mal ein paar Wochen gekannt hatten. Dass er sich in Ayse verliebt hatte? Hätte er sagen sollen, dass er mit Ayse ausgemacht hatte, auf die Burg zu wandern. Dass es aber nicht mehr dazu gekommen war? Gehst du noch mit rein?, fragte Karin. Du kannst gerne mit meinen Stiften zeichnen. Es sind Kohlestifte, man bekommt davon schwarze Finger. Du hast aber gar keine schwarzen Finger, sagte er. Ich habe auch schon lange nicht mehr gezeichnet. Zeichnest du nicht jeden Tag? Sie schüttelte den Kopf. Normalerweise schon, aber in letzter Zeit war ich zu müde. Verdienst du viel Geld damit? Du stellst aber Fragen, sagte sie und lachte. Wenn sie lachte, musste sie anschließend jedes Mal husten. Diesmal hörte der Husten gar nicht mehr auf. Soll ich klopfen?, fragte er. Sie schüttelte den Kopf, er war schon ganz rot. Es hörte sich an, als würde sie keine Luft mehr bekommen. Als es vorbei war, stand sie auf. Ich muss mich jetzt ein wenig hinlegen, sagte sie. Dann geh ich jetzt lieber. Wie du willst. Aber du kannst gerne noch mitkommen. Ich leg mich auf die Couch, und du zeichnest ein bisschen.

Sie lag da mit geschlossenen Augen. Anfangs atmete sie schwer, dann ruhiger. Hem hatte sich neben die Hündin gelegt. Es sah aus, als wäre er das Kind und sie die Mutter. Und Ben zeichnete. Das Papier gefiel ihm, es war nicht ganz glatt. Er hatte noch nie mit solchen Stiften gezeichnet. Er schaute Karins

Zeichnungen an und versuchte, auch mit so vielen Strichen und Linien ein Bild zu machen. Am Schluss waren es zwei Bilder. Wenn er die Augen zukniff, erkannte er auf einem Bild Ayse. Die Frau auf dem anderen Bild sollte Karin sein. Sie lag auf der Couch. Er betrachtete es lange. Ließ es auf dem Tisch liegen. Die Stifte rückte er ordentlich zurecht. Das andere Bild rollte er zusammen. Er würde es mitnehmen. Dann wischte er sich die Hände an einem Lappen ab. Tschüs Karin, sagte er. Ich muss Hem zurückbringen. Sie öffnete die Augen, hob ein wenig die Hand. Es sollte wohl ein Winken sein. Komm wieder, wenn du willst, flüsterte sie.

(33) Ferien

Als der Lift kam, hörte sie Schritte hinter sich. Schwere Schritte. Sie stieg ein, wandte sich um. Hallo, sagte sie. Hallo, sagte auch er. Sie kannte ihn. Er wohnte im fünften Stock. Aber mehr als ein paar Worte hatten sie nie gewechselt. Er roch nach Leder. Er hatte eine Lederweste an, mit vielen Nieten. Heiß heute, was?, sagte er. Sie nickte. Eigentlich hatte sie sich immer vorgestellt, dass er nach Schweiß roch oder nach ungewaschener Kleidung. Aber er roch nach Leder und nach Rasierwasser. Sie hatte bereits den Knopf für die siebte Etage gedrückt, er drückte auf die Fünf. Und wie geht's so?, fragte er. Schlecht, erwiderte sie. Hab gerade meinen Job verloren. Eigentlich hatte sie das gar nicht sagen wollen, es war ihr einfach herausgerutscht. Das ist übel, meinte er. Wo hast du gearbeitet? Gastgewerbe. Der Lift hielt, die Türen gingen auseinander. Er stieg aus, stellte aber ein Bein in die Lichtschranke. Ich arbeite auch im Gastgewerbe, sagte er. Vielleicht kann ich dir helfen. Komm doch mal vorbei. Sie nickte. Er deutete in den Gang, sagte: Letzte Tür rechts. Gern, sagte sie. Bist du heute Nachmittag zu Hause? Bis halb sechs. Dann gehe ich in den Dienst. Dann komme ich. Er nickte.

In der Wohnung schenkte sie sich erst einmal ein Glas Wein ein. Setzte sich auf den Balkon. Rauchte. Im Grunde war es gar kein guter Job gewesen. Mieses Lokal. Miese Küche. *Gutbürgerliche Küche* stand auf einem Schild an der Eingangstür. Man roch nach Zwiebeln, wenn man nach Hause kam. Sie würde etwas Besseres finden. In einer Bar. Ja, am besten in einer Bar. Dann wäre sie untertags mehr zu Hause. Aber zunächst würde sie ein paar Wochen Urlaub machen. Nichts tun. Arbeitslose beziehen. Es war heiß. Zum Glück ging der Balkon nach Osten. Ben hatte bald Ferien. Sie würden baden gehen. Mit einem Schiff einen Ausflug machen. Ben war in einem schwierigen Alter. Sie wusste, dass er sich in das Türkenmädchen verliebt hatte. Jetzt hatte er den Hund. Brachte ihn sogar manchmal mit in die Wohnung. Sie hatte es ihm verboten, aber er machte, was er wollte. Ließ sich nichts mehr von ihr sagen. Sie ging in die Küche, schnitt zwei Scheiben Brot ab, legte Schinkenscheiben dazwischen. Er rechnete nicht damit, dass sie zu Hause war. Vermutlich holte er den Hund gleich nach der Schule ab. Vielleicht kam er mit ihm her. Vielleicht machte er das jeden Tag. Sie nahm die Flasche mit auf den Balkon, schenkte nach. Setzte sich, stellte die Füße auf die Sitzfläche des anderen Stuhls. Aß. Vielleicht konnte ihr der Typ aus dem Fünften tatsächlich einen Job besorgen. Eigentlich war er immer ganz nett gewesen. Aber natürlich wollte er was von ihr.

Nach dem Essen rauchte sie noch eine Zigarette. Trank aus. Dann legte sie sich auf die Couch. Sie wurde wach, als Ben kam. Er kam mit dem Hund. Warum bist du da?, fragte er. Bist du krank? Sie würde nichts sagen wegen dem Hund. Komm her zu mir, sagte sie stattdessen, setz dich zu mir. Gleich, sagte er, ich stell dem Hund eine Schüssel Wasser hin. Weißt du, sagte sie, als er neben ihr saß, wir beide machen jetzt mal ein paar Wochen richtig Urlaub. Hast du deinen Job verloren?, fragte er. Ja, war aber ohnehin kein guter Job. Und ich kenne jemanden, der mir einen neuen verschafft. Wen? Der aus dem Fünften hat gesagt, er hat was für mich. Der mit den Piercings? Sie nickte. Ich geh da heute noch hin. Aber ich will nicht gleich wieder arbeiten, zuerst machen wir richtig Urlaub. Meine Ferien beginnen erst in zwei Wochen. Ja, aber ich werde jetzt jeden Tag für dich kochen, und sobald du Ferien hast, machen wir Ausflüge und gehen baden. Und weißt du was? Was? Wir fliegen für ein paar Tage irgendwohin. Wohin? Wohin du willst. Nach Paris vielleicht. Oder nach London. Er schaute sie nicht an. Ich kann nicht weg. Warum nicht? Wegen dem Hund. Na, auf den kann doch jemand anderer schauen. Er hat niemand anderen. Sie nehmen ihm den Hund weg, wenn ich nicht auf ihn schaue. Dann bringen wir ihn für ein paar Tage ins Tierheim, die nehmen doch Hunde in Pension. Er schüttelte den Kopf. Sie sah ihn an, nahm seine Hand. Er schaute weg. Ben, sagte sie. Vermutlich viel zu leise, er hatte sie nicht gehört. Stand auf, schmierte sich ein Brot. Es ist Schinken im Kühlschrank, sagte sie, aber er nahm nur Senf.

Sie blieb liegen. Schlief wieder ein. Als sie zum zweiten Mal aufwachte, waren Ben und der Hund nicht mehr da. Sie war ganz verschwitzt. Duschte. Zog sich an. Dann ging sie in den fünften Stock. Klingelte. Komm rein, sagte er, setz dich auf den Balkon. Willst du Kaffee? Gern, sagte sie, aber ich will dir keine Umstände machen. Machst du nicht. Auf dem Balkon standen zwei Stühle. Ein kleiner Tisch. Es war schon lange nicht mehr geputzt worden. Ein voller Aschenbecher und Zigarettenkippen in Blumentöpfen, in denen ein paar eingetrocknete Stängel in eingetrockneter Erde steckten, erinnerten sie an ihren eigenen Balkon. Er kam mit zwei Tassen Kaffee. Stellte Zucker auf den Tisch, schüttete drei Löffel davon in seine Tasse. Also, sagte er. Kannst du dir vorstellen, auch nachts zu arbeiten? Wäre mir sogar lieber, erwiderte sie. Dann hätte ich mehr Zeit für meinen Jungen. Ist das der, der neuerdings mit einem Hund unterwegs ist? Sie nickte. Ist aber nicht sein Hund. Ich hab auch einen Jungen, sagte er, aber der ist längst erwachsen. Siehst du ihn oft? Nicht so oft, er lebt woanders. Ach so. Und dein Junge? Ziehst du den alleine groß? Hab dich noch nie mit einem Mann gesehen. Der hat sich auch rechtzeitig aus dem Staub gemacht. War ihm zu anstrengend, eine Frau und ein Kind. Er lachte. Eigentlich war er ganz sympathisch. Er hatte regelmäßige weiße Zähne. Starke Oberarme. Wo wäre die Arbeit?, fragte sie. Er überlegte. Es ist noch nicht ganz spruchreif, sagte er. Ich möchte was Eigenes aufmachen. Hab die Nase voll davon, für andere den Kopf hinzuhalten. Das verstehe ich, sagte sie. Du willst also ein eigenes Lokal? Genau. Eine Bar oder was? Eher etwas Gemütliches. Verstehe. Er war nicht mehr der Jüngste, aber gut trainiert. Machst du Sport? Was? Ich meine, du siehst aus, als würdest du regelmäßig trainieren. Klar, mache ich, in meinem Job muss man fit sein. Als sie ihn fragte, wo er arbeitete, nannte er die Namen von zwei Nachtclubs. Er war dort Türsteher, nicht Kellner, wie sie gedacht hatte. Hast du eine Konzession?, fragte er. Eine fürs Gastgewerbe meinst du? Ja. Sie schüttelte den Kopf. Sie hatten beide den Kaffee ausgetrunken, und sie hatte den Eindruck, dass es nicht mehr viel zu sagen gab. Sie erhob sich. Gib mir Bescheid, sobald du was an der Hand hast, sagte sie.

(34) Die Rettung

Johanna hatte sie gefunden. Zuerst hatte sie ein paarmal bei ihr angerufen. Sie nahm nicht ab, ihre Mailbox schaltete sich ein, und Johanna bat sie um einen Rückruf. Johanna rief mehrmals an, aber erst, als die Dämmerung hereinbrach, sah sie, dass im Atelier Licht brannte. Also ging sie hinauf. Sie ahnte, dass etwas nicht stimmte. Im Hundesalon war es dunkel, die Tür abgesperrt. Sie klopfte, hämmerte gegen die Tür, als sich nichts rührte. Dann hörte sie die Hündin, sie jaulte. Sie ging zum Haus des Vermieters, klingelte. Bat ihn, den Hundesalon und das Atelier aufzusperren. Es ist etwas passiert, sagte sie. Was?, fragte er. Meine Freundin macht nicht auf und geht nicht ans Telefon, aber es brennt Licht im Atelier und der Hund winselt. Ich kann nicht einfach so aufsperren, sagte er. Warum nicht? Ich muss zuerst die Hundefriseurin anrufen. Dann tun Sie das. Bitte. Er verschwand. Kam nach einer Weile wieder. Sie ist nicht da. Wenn Sie nicht aufsperren, muss ich die Polizei holen, sagte sie. Sie ging dann hinter ihm her. Er schlurfte über den Kiesweg. Es knirschte.

Dann probierte er mehrere Schlüssel, bis einer passte. Jetzt hörte man die Hündin deutlich. Sie jaulte und winselte, bellte aber nicht. Auch die Tür zum Atelier war verschlossen. Er sperrte auch diese auf. Dann blieb er stehen. Schaute nach oben. Sie drängte ihn zur Seite. Sie hing von der Decke. Die Hündin lag direkt unter ihr. Winselte. Legte den Kopf auf die Vorderpfoten. Sie stand eine Weile da, dann rief sie die Rettung. Die Zentrale befand sich zwei Häuser weiter, oben an der Hauptstraße, die Rettung war in zwei Minuten da. Der Vermieter stand noch auf demselben Fleck, einer der Rettungsmänner führte ihn in den Hundesalon. Sie hörte, wie er sagte, setzen Sie sich. Sie saß an der Wand. Die Frau in Rotkreuzuniform wollte sie aus dem Raum führen, doch sie sagte, lassen Sie mich bitte. Ich bin ihre Freundin, und ich bin Krankenschwester. Die Rettungsfrau stellte die umgestürzte Leiter auf. Der Kollege stieg hinauf, schnitt das Seil durch, fasste sie unter den Armen, während die Frau sie an den Füßen nahm. Langsam stieg der Sanitäter herunter. Sie legten sie auf den Boden. Sofort lag die Hündin neben ihr. Legte eine Pfote und den Kopf auf ihre Brust. Die Rettungsfrau sah zu ihr her. Brauchen Sie Hilfe? Sie wusste es nicht. Der Sanitäter rief die Polizei. Können Sie sich um den Hund kümmern?, fragte er.

Die Polizeibeamten fanden den Brief. Die Sanitäterin saß neben ihr an der Wand, einen Arm um ihre Schultern. Einer der Beamten las den Brief. Sie war krank, sagte er. Sie wollte nicht länger leiden. Das ist der Grund, sagte er. Johanna wollte ihnen sagen, dass sie es wissen hätte müssen. Dass sie es geahnt hatte. Dass sie gewusst hatte, dass etwas nicht in Ordnung war. Als sie wieder stehen konnte, führte sie der Sanitäter in den Hundesalon. Sie saß jetzt dem Vermieter gegenüber. Er murmelte etwas vor sich hin. Seine Frau saß neben ihm, man hatte sie geholt. Sie waren ein altes Paar, Johanna kannte die beiden vom Sehen. Sie waren beide über achtzig. Er hatte ein altes Fahrrad, auf dem ein hellblauer Plastikkorb mit Expandern befestigt war. Sie hatte ihn auf seinem Fahrrad mit dem Plastikkorb schon in allen Gegenden der Stadt und der Umgebung gesehen. Er fuhr seit Jahren damit einkaufen. Seine Frau tätschelte ihm die Hand. Sie schaute auf die Tür, hinter der die Stimmen der Polizisten und des Arztes, der inzwischen eingetroffen war, zu hören waren. Die Sanitäterin hatte dem Vermieter und ihr je ein Glas Wasser gebracht. Sooft er stöhnte und wieder etwas Unverständliches vor sich hin murmelte, tätschelte ihm seine Frau die Hand. Die Polizistin schickte die beiden schließlich nach Hause. Johanna bat man zu warten, nachdem sie sich bereit erklärt hatte, die Hündin mitzunehmen. Es wird schwierig werden, sagte einer der Beamten, sie will nicht weg von der Toten. Er bot ihr eine Zigarette an, gab ihr

Feuer, steckte sich selbst auch eine an. Der andere Polizist befragte sie. Sie sagte ihnen, was sie wusste. Wie die Tote hieß: Karin Brandenburg. Alter. Adresse. Beruf. Angehörige: eine Tochter. Mehr wusste sie nicht. Später kam der Polizist und sagte, sie habe alles genau aufgeschrieben. Name und Adresse der Tochter. Sie lebt in Amerika, sagte der Beamte, hier stehen Name und Adresse. Er las vor, was sie alles geschrieben hatte. Dass die Wohnung bereits gekündigt war, dass genügend Geld für die Beerdigung vorhanden war. Sie will verbrannt werden, sagte der Polizist. Sie – er sagte, Frau Johanna Oswald, das sind Sie, nicht? – sollte sich um alles kümmern und die Hündin zu sich nehmen. So hatte es Karin gewollt.

(35) Woran ich mich erinnere

Ich schlich durch die Nacht wie ein Dieb. Ständig redete ich mit mir selbst. Natürlich lautlos. Sagte, was bist du bloß für ein Spinner, solche Sachen. Sobald mir jemand entgegenkam, drehte ich den Kopf zur Seite oder hielt eine Hand vor den Mund. Tat so, als würde ich husten. Die Laternen beleuchteten zwar den Weg, aber die Gesichter der Entgegenkommenden waren immer nur kurz erkennbar. Und viele waren ohnehin nicht mehr unterwegs. Ein paar Jugendliche mit Getränkedosen in der Hand. Sie waren laut, stießen einander an, lachten und schrien durcheinander. Eine Frau, deren Hund an mir schnüffelte. Ich hasse Hunde. Als wir noch verheiratet waren, wollte sie ständig einen Hund. Sie sagte, es wäre gut für den Jungen, weil er keine Geschwister hat. Aber sie wollte den Hund nicht für ihn, sondern für sich. Hätte ihn bestimmt verhätschelt. Entschuldigung, sagte die Frau, deren Hund an mir geschnüffelt hatte. Sie rief den Hund zu sich. Der aber sprang stattdessen ins Gebüsch. Kläffte dort herum.

Das Auto hatte ich in der Nähe der Brücke abgestellt. Ich wusste, dass sie in einem der letzten Häuser wohnte. Die Adresse hatte ich gegoogelt. Es war das vorletzte Haus in der ersten Reihe am Fluss. Das war gut, ich kannte die Gegend. Früher waren wir alle gemeinsam mit den Fahrrädern auf dem Flussweg zum See gefahren. Hatten dort gebadet und gegrillt. Wir waren nie allein dort gewesen, nie nur wir drei, sondern hatten uns mit Freunden, die ebenfalls ein Kind hatten, getroffen. An diese Jahre erinnere ich mich gern. Wir hatten einen Picknickkorb dabei. Es gab gekühlten Wein, Salat, Brot, und über den Feuerstellen, die aus aufgeschichteten Steinen bestanden, wurde gegrillt. Die Kinder steckten sich Würste auf Stecken und hielten sie in die Glut, bis sie schwarz waren.

Ein paar Radfahrer waren auch noch unterwegs. Man hörte das Surren der Dynamos schon von Weitem. Aber als ich in die Gegend der letzten Häuser kam, begegnete mir kaum mehr jemand. Ich konnte Pech haben und sie war gar nicht da. Eigentlich wusste ich ja nicht einmal, was ich wollte. Was hast du dir bloß dabei gedacht! Aber nun hatte ich die Sache schon angefangen, und ich beschloss, sie auch zu Ende zu führen. Ich ging bereits auf den Eingang zu. Die Hausnummern standen in riesigen Ziffern über den Eingängen, das war in der Zeit, in der die Anlage gebaut worden war, modern gewesen. Es war auch modern gewesen, Hauseingänge in unterschiedlichen Farben zu gestalten. Das Haus, in dem sie wohnte, war mit schwarzen Brüstungen verkleidet, die Ziffern darauf waren weiß. Auf der Klingelanlage fand ich ihren Namen nicht, aber ich kannte die Topnummer. Die Wohnung musste sich im Erdgeschoss befinden. Langsam ging ich um das Gebäude herum. Zwei der Erdgeschosswohnungen waren beleuchtet, es waren Wohnzimmer- und Küchenbeleuchtungen, und ich hatte das Glück, in beiden Wohnungen Menschen zu sehen, die ich aber nicht kannte. Also lebte sie in einer der beiden unbeleuchteten Wohnungen und war nicht zu Hause oder schlief bereits. Sollte ich klingeln? Sollte ich wirklich so weit gehen? Es war doch vollkommen sinnlos, dass ich hergekommen war. Sie war ja gar nicht da. Was hatte ich denn erwartet? Dass sie am Fenster stehen und in die Nacht schauen, mich im Dunkeln zwar nicht sehen, aber in meine Richtung blicken würde? Oder dass sie das Fenster öffnen würde, um frische Luft hereinzulassen, und ich würde so nah an der Fensterbrüstung stehen, dass ich nur die Hand ausstrecken müsste, um ihre Hand zu berühren?

(36) Die Frau aus Baltimore

Man hatte das Begräbnis verschoben. Johanna hatte der Tochter in Amerika ein Telegramm geschickt, fünf Tage später hatte diese angerufen. Sie hatte Johanna das Datum genannt, an dem das Begräbnis stattfinden solle. Karins Leiche war in einem einfachen Holzsarg verbrannt worden, Johanna hatte Sarg und Urne ausgesucht. Vorher könne sie nicht kommen, hatte die Tochter gesagt. Die Verständigung am Telefon war schlecht, das Deutsch der Frau nicht ganz einwandfrei. Wie viele Personen zur Beerdigung kommen würden, hatte sie gefragt, und Johanna, die sich darüber noch keine Gedanken gemacht hatte, hatte erwidert: Ich weiß es nicht, vielleicht fünf, vielleicht zehn. Die Frau hatte ihr erklärt, dass sie das Telegramm erst jetzt, bei ihrer Rückkehr von einer Reise, gelesen habe. Johanna fragte dies und das, ob es ein feierliches Begräbnis werden, ob sie Blumen und Kränze bestellen solle, ob sie eine musikalische Umrahmung wünsche, ob sie einen Tisch in einem Restaurant reservieren solle, aber die Frau antwortete: Entscheiden Sie bitte alles, ich habe keine Ahnung, was man in so einem Fall macht, bis Johanna keine Fragen mehr stellte.

Es war ein heißer Tag, als die Tochter kam. Sie hatte nicht mehr angerufen, aber sie war pünktlich. Als es klingelte, wusste Johanna, dass es die Frau aus Baltimore war. In der Einfahrt hatte ein Taxi gehalten. Der Fahrer hob einen schweren Rollkoffer aus dem Kofferraum, stellte ihn ab. Johanna betrachtete die Frau, während diese die Fahrt bezahlte. Sie sah aus wie Karin, Johanna staunte über die Ähnlichkeit. Sogar die Haare trug die Tochter ähnlich lang und ähnlich geschnitten, wie sie Karin vor vielen Jahren getragen hatte. Der Koffer holperte über die Einfahrt. Sie gaben einander die Hand. Der Taxifahrer stieg ein, wendete, gab Gas. Die Frau ließ den Koffer im Flur stehen, folgte Johanna in die Wohnung. Dort wurde sie von der Hündin begrüßt, die intensiv an ihr schnupperte. Johanna erklärte ihr, dass die Hündin Karin gehört hatte. Setzen Sie sich, sagte sie dann, ich habe Kuchen gemacht. Eine Linzer Torte. Die Frau lachte und sagte: Linzer Torte. Sie hatte dieselbe Zahnstellung wie Karin, einer der Schneidezähne stand ein wenig schief. Sie wirkte unbekümmert. Warf die Haare in den Nacken und sagte, es sei sehr heiß. Sie habe nicht mit solchen Temperaturen gerechnet, vermutlich habe sie die falsche Kleidung eingepackt. Heute Abend wird es ein Gewitter geben, sagte Johanna. Sie war aufgeregt und wusste nicht so richtig, was sie sagen sollte. Irgendwie fühlte sie sich eingeschüchtert. Vielleicht von der Selbstsicherheit, die die junge Frau ausstrahlte. Vielleicht von ihrer Schönheit. Karin hatte sich nie so gut gekleidet. Sie war nachlässig gewesen mit ihrem Aussehen, hatte sich nicht geschminkt, hatte immer bequeme Hosen, einfache Pullover oder Hemden und sportliche Schuhe getragen.

Johanna erklärte Lily – so hieß Karins Tochter –, wie die Beerdigung ablaufen würde. Lily nahm Johannas Hand und bedankte sich für ihre Bemühungen. Johanna wagte es nicht, über Karin, über ihren Tod, zu sprechen. Sie wartete darauf, dass Lily davon anfing. Aber die sprach über alles Mögliche, nur nicht über ihre Mutter. Sie sagte, sie werde eine Weile in Österreich, in der Stadt bleiben. Johanna teilte ihr mit, dass der Mietvertrag für Karins Wohnung bereits abgelaufen war. Karin habe in den vergangenen Wochen gar nicht mehr dort gewohnt. Und wo hat sie geschlafen?, fragte Lily. Es gibt eine Couch im Atelier. Dann werde ich auch dort schlafen, sagte Lily.

(37) Eine Wanderung in die Berge

Kurz nach zehn gehe ich los. Es ist heiß, in der Nacht habe ich schlecht geschlafen, weil es kaum abgekühlt hat. Ein gelbes Licht liegt über der Stadt. Alice sagt, das ist Saharastaub, der in Afrika von Stürmen aufgewirbelt wird und bis zu uns gelangt. Ich gehe durch die Stadt. Die meisten Menschen sind an diesem Morgen mit Fahrrädern unterwegs, nur wenige zu Fuß wie ich. Ich weiß nicht, wohin ich will. Eigentlich hatte ich vor, ein bisschen baden zu gehen. In meinem Rucksack befindet sich die Badehose, ein Handtuch, eine Flasche Wasser. Alice hat zwei Brote mit Speck und Tomaten belegt und in Folie gewickelt. Komm nicht zu spät heim, hat sie gesagt, du weißt, ich bin jetzt ein paar Tage bei meiner Schwester. Bis zum Seeufer ist es nicht weit. Zehn, fünfzehn Minuten. Überall sind so viele Menschen. Sie liegen auf Badetüchern, haben Liegen und Sonnenschirme aufgestellt, sie schwimmen, schreien, plantschen im Wasser. Ich finde keinen Platz, an dem ich ruhig sitzen, über den See schauen und mich zwischendurch abkühlen kann. Also gehe ich weiter. Ich komme zum Bahnübergang und denke, jetzt steige ich einfach in einen Zug und fahre so weit weg wie möglich. Ich habe Geld und eine Kreditkarte. Beides habe ich aus der Geldtasche genommen, die in der Garderobe lag. Mein Vater muss vergessen haben, sie mitzunehmen. Es ist viel Geld. Erst als ich im Zug sitze, wird mir klar, dass ich es genommen habe, um wegzufahren.

Im Zug ist es angenehm kühl. Ich schaue aus dem Fenster. Dumm, dass ich nicht daran gedacht habe, wetterfeste Kleidung in den Rucksack zu packen. Auch ein Schlafsack wäre gut gewesen. Der Zug fährt durch kleine Ortschaften, über weite Felder, durch Waldstücke. Die Berge rücken immer näher, und ich stelle mir vor, wie es wäre, nicht mehr nach Hause zurückzukehren. Die Fahrkarte, die ich am Bahnhof gekauft hatte, geht bis Innsbruck, aber vielleicht steige ich schon vorher aus. Irgendwo, wo es mir gefällt. Vielleicht in den Bergen. Dort ist es kühler, und es sind nicht so viele Menschen unterwegs. Ich werde durch die Gegend wandern, in Heuhütten oder unter Felsvorsprüngen übernachten. Wenn ich in den letzten Wochen allein war, habe ich oft Filme und Sendungen über das Leben auf dem Land oder in großen Städten geschaut. Ich habe auch viele Filme über andere Länder gesehen. In einem dieser Filme lebten Menschen in unterirdischen Gängen unter einer Stadt. Es gibt auch Kinder, die dort leben.

Niemand sucht sie. Während ich im Zug sitze, stelle ich mir vor, dass mein Vater mich sucht. Vielleicht wird er mich gemeinsam mit meiner Mutter suchen. Er wird sie anrufen und ihr sagen, dass ich weg bin. Dann machen sie sich gemeinsam auf den Weg. Aber ich werde mich verstecken.

Der Zug fährt langsamer, weil es aufwärts geht. Er fährt durch viele Tunnels und Galerien. Weiter unten ist die Straße, die auf den Pass führt. Einmal, als meine Eltern noch zusammen waren, fuhren wir im Auto über den Pass. Ganz oben stiegen wir aus und machten eine Pause. Meine Mutter hatte Jause eingepackt. Wir gingen über eine Wiese, die ganz löchrig war. Die Löcher stammten von Kühen, man musste aufpassen, dass man nicht in Kuhfladen trat. Wir setzten uns auf eine kleine Anhöhe, aßen und tranken. Ich saß zwischen meinen Eltern. Sie hielten sich an der Hand und lachten, während sie zuschauten, wie ich von einem Stein zum anderen, von einem kleinen Hügel zum nächsten sprang. Jetzt fährt der Zug durch den langen Tunnel. Ich habe vergessen, an der letzten Station vor dem Tunnel auszusteigen. Das wäre der richtige Ausgangsort gewesen für eine Wanderung in die Berge. Was soll ich jetzt tun? Vielleicht doch bis nach Innsbruck fahren? Ein paar Sachen einkaufen und dann erst in die Berge wandern?

Plötzlich sehe ich meine Mutter. Sie steht draußen auf dem Bahnsteig. Sie hat mich auch gesehen und winkt. Ich möchte aussteigen, aber der Zug fährt ab. Ich sehe meine Mutter, höre sie schreien und rufen. Eine Weile läuft sie dem fahrenden Zug hinterher. Ich will aufstehen, aber es gelingt mir nicht. Ich will schreien, aber aus meiner Kehle kommt kein Laut. Erst jetzt bemerke ich, dass ich alles nur geträumt habe. Der Schaffner steht vor mir und verlangt die Fahrkarte. Ich ziehe sie aus der Tasche. Hoffentlich stellt er keine Fragen. Ich schaue nicht zu ihm auf, damit er mein Gesicht nicht sieht und sich später, falls man mich suchen sollte, nicht an mich erinnert. Es sind nicht viele Fahrgäste im Zug. Ein Mann, den ich nicht sehen kann, redet laut. Ich begreife erst nach einer Weile, dass er telefoniert. Ich dachte, er würde mit jemandem reden, der stumm ist. Eine Frau hat ein Kind bei sich. Das Kind ist unruhig, läuft im Gang auf und ab, klettert auf die Sitze. Einmal fällt es hin und weint. Die Frau ist alt. Bestimmt ist es nicht die Mutter, sondern die Großmutter. Sie versucht, das Kind zu beruhigen, es auf den Sitz neben sich zu ziehen, aber das Mädchen schlägt sie und reißt sich los. Die Frau tut mir leid. Es ist ihr unangenehm, dass sich das Kind so schlecht benimmt.

Dann hält der Zug in Innsbruck. Ich steige aus. Es ist noch immer heiß. Ich gehe los. Die Straßen werden immer enger. Der Verkehr weniger. Ich wechsle von einer Straßenseite auf die andere. Gehe immer dort, wo mehr Schatten ist. Schon bald stehe ich vor einem Kaufhaus. Kaufe eine Jeans, hohe Turnschuhe, einen Pullover, eine Regenjacke und einen Schlafsack. Außerdem einen neuen, größeren Rucksack und eine Kappe. Falls man nach mir sucht, wird man mich damit nicht so gut erkennen. Ich suche eine Toilette, ziehe mich um. Neue Hose, neue Schuhe, altes T-Shirt, neue Mütze. Den Rest stopfe ich in den neuen Rucksack. Dann gehe ich weiter, komme an den Fluss, von dem ich weiß, dass er Inn heißt. Auf den Wegen am Fluss sind auch wieder viele Menschen. Aber dann entdecke ich ein Gebäude, aus dem gerade eine Bahn fährt. Sie sieht nicht aus wie ein normaler Zug, sondern als habe man Seilbahnkabinen auf Schienen montiert. Mit dieser Bahn will ich fahren, ganz gleich wohin. Ich kaufe ein Ticket und setze mich in eine der Kabinen. Ich muss nicht lange warten, gleich geht es los. Ein Stück unterirdisch, dann kommt eine Station, die Bahn bleibt stehen. Danach geht es auf einer Brücke über den Fluss, schließlich hangaufwärts, manchmal so steil, dass ich mich wundere, wie die Bahn das schafft. Dann sind wir an der Endstation. Aber ich sehe, dass es mit einer Seilbahn weitergeht. Wieder muss ich ein Ticket kaufen. Warten, bis der Zutritt zur Gondel frei wird. Außer mir fährt nur eine kleine Touristengruppe mit. Vermutlich Chinesen. Oder Koreaner. Die meisten von ihnen sind jung, fotografieren viel und lachen miteinander. Ich versuche so zu tun, als würden sie mich gar nicht interessieren. Ein Mädchen schaut zu mir her. Sie ist älter als ich. Ich schaue an ihr vorbei, mache ein gelangweiltes Gesicht. Dann haben wir auch schon die Station erreicht. Alle steigen aus. Ich schaue mich ein wenig um. Rundherum sind nur Geröllhalden zu sehen, steile Felsen, weiter unten ein paar grüne Flecken, auf denen Schafe grasen. Es gibt viele Wege. Sie führen hinauf und hinunter. Und es gibt noch eine Seilbahn, eine kleinere Kabinenbahn. Diese führt hinauf auf die Spitze der Bergkette. Wenn ich nach oben schaue, sehe ich nur Felsen und Wolken. Noch einmal löse ich eine Fahrkarte. Die Frau am Schalter macht mich darauf aufmerksam, dass die letzte Bahn in einer knappen Stunde zurück ins Tal geht. Ich nicke. Sage, meine Eltern warten oben auf mich. Aber die Frau scheint das nicht zu interessieren, sie blickt nur flüchtig zu mir auf. Schiebt mir das Ticket und das Retourgeld zu. Als die Kabine aus der Station schaukelt, sehe ich die Chinesen unten auf den Steinwegen. Dann geht es hinauf. Sehr steil. Ich bin der einzige Fahrgast. Im letzten Teil der Fahrt verdecken Nebelfelder die Sicht, vielleicht sind es auch Wolken. Oben steige ich aus, muss mich durch eine Menge Wartender drängen, die alle nach unten wollen, ich hingegen steige immer weiter hinauf. Es ist nicht mehr heiß, im Gegenteil. Ich bin froh, dass ich eine Jacke gekauft habe und ziehe sie an. Rundherum sieht man nur Berge, Felsen, schroffe Abhänge dazwischen. Es gibt keine Bäume, nur kleine Grasflächen dort und da. Ganz weit unten, unterhalb der Waldgrenze, verläuft eine Straße in engen Serpentinen. Am Fuß der Gebirgskette die Stadt, der Fluss, der einen Bogen macht, winzig klein. Noch sind Menschen zur Seilbahnstation unterwegs. Ich gehe in die Gegenrichtung. Sehe ein Gipfelkreuz in einiger Entfernung. Der Weg dorthin ist von der Station aus einsichtig. Ich will aber nicht, dass mich jemand sieht. Deshalb verstecke ich mich hinter einer Hütte auf dem Weg zum Gipfelkreuz. Die Hütte besteht aus einem alten und einem neueren Teil, alle Fensterläden sind zu. Auf der Rückseite befindet sich eine Bank. Davor eine Steinmauer. Ich setze mich auf die Bank. Warte. Esse die Reste meiner Jause und einen Apfel, den ich in der Stadt gekauft habe. Die Wolkenfetzen werden immer dichter, es ist kalt und feucht. Außerdem ist Wind aufgekommen, der die Wolken vor sich herjagt. Dann sehe ich, dass ein Gewitter aufzieht. Dort, wo die Stadt liegt, blitzt es, ich höre den Donner, es klingt wie das weit entfernte Knallen eines Feuerwerks. Das Gewitter kommt näher, mir wird plötzlich sehr kalt. Ich rüttle an den Fensterläden, seitlich und auf der Rückseite der Hütte. Ein Laden ist locker, den stemme ich auf, schiebe eine Hand dazwischen, taste mich hoch. Es ist mühsam, aber endlich gelingt es, den Riegel hinaufzuschieben. Natürlich ist das Fenster dahinter zu. Soll ich es einfach einschlagen? Ich überlege, setze mich wieder auf die Bank. Aber das Gewitter kommt näher. Alles wird schwarz, die Blitze peitschen herab, die Donnerschläge krachen und es regnet in Strömen. Das Fenster besteht aus mehreren kleinen Scheiben, also kann der Schaden nicht so groß sein. Ich hebe einen Stein auf, schlage die Scheibe ein, schiebe eine Hand hinein und öffne die Verriegelung. Dann schmeiße ich zuerst den Rucksack hinein, schiebe ein paar Scherben weg, ziehe mich hoch und steige ein. Es gibt Betten, einen Schreibtisch, ich finde einen Lichtschalter und merke mir, wo er sich befindet. Dann ziehe ich die Fensterläden zu, verriegle Läden und Fenster. Schalte das Licht ein. Mache es aber gleich wieder aus, als ich eine Lampe auf dem Schreibtisch entdecke, die weniger hell ist. Ich glaube nicht, dass man dieses Licht von außen durch die Fensterläden sieht. Und so wie es regnet und stürmt, wird ohnehin niemand mehr unterwegs sein. Ich räume alle Scherben beiseite, sehe mich ein bisschen um. Auf dem Schreibtisch befinden sich verschiedene Geräte. Funkgeräte vielleicht. Oder irgendwelche Messgeräte. Ich fühle mich mit einem Mal sehr müde. Ziehe nur die Schuhe aus, bevor ich mich in eines der Stockbetten lege.

Als ich aufwache, ist es still. Ich hatte vergessen, die Lampe auszumachen, bevor ich eingeschlafen war. Jetzt mache ich sie aus, öffne das kaputte Fenster und vorsichtig die Holzläden dahinter. Es ist noch nicht hell draußen, aber es dämmert. Ich trinke Wasser, esse die Banane, die von meinen Einkäufen übrig geblieben ist, und ein paar Kekse. Dann wasche ich mich. Das Wasser ist eiskalt. Natürlich habe ich vergessen, eine Zahnbürste und Zahnpasta zu kaufen. Eine Weile bleibe ich sitzen. Überlege, wie es weitergehen soll. Doch mir fällt nichts ein. Auf demselben Weg, wie ich in die Hütte gekommen bin, klettere ich wieder hinaus, mache das Fenster und die Läden zu. Setze mich auf die Bank und warte, dass es Tag wird. Bald höre ich Stimmen. Entweder ist die erste Bahn angekommen, oder es sind Menschen, die in der Bergstation arbeiten. Vorsichtig schaue ich um die Ecke. Sehe eine Gruppe von Wanderern, die direkt auf die Hütte zukommen. Rasch schleiche ich hinter die Hütte, höre aber, dass sie vorbeigehen. Jetzt tauchen auch andere auf. Ein Paar mit einem Hund. Eine Familie: Vater, Mutter, drei Kinder. Ich steige wie die anderen ein Stück hinauf. Die Bergwanderer sind unterhalb des Gipfelkreuzes auf einem Weg, der nach unten oder in die Felslandschaft führt, verschwunden. Die Familie – alle tragen hohe Bergschuhe, auch das kleinste Kind – marschiert Richtung Gipfelkreuz. Das Paar mit dem Hund setzt sich hinter der Hütte auf die Bank, dorthin, wo ich noch kurz vorher gesessen bin. Da immer mehr Wanderer und Spaziergänger auftauchen, falle ich unter ihnen nicht mehr auf.

Ein paar Stunden später sitze ich in einem Zug nach Hause. Die Straßen sind nass, als ich vom Bahnhof heimlaufe. Blätter liegen auf den Straßen, sogar Äste. Auch hier hat es gestürmt. Ich schließe die Haustür auf, gehe hinein. Es kommt mir vor, als wäre ich ein paar Wochen weg gewesen. Die Geldtasche liegt noch immer in der Garderobe. Ich stecke das restliche Geld und die Kreditkarte, die ich nicht verwendet habe, zurück. Mein Vater, der später am Abend nach Hause kommt, fragt, wo hast du denn gestern so lange gesteckt? Bei einem Freund, erwidere ich. Dann mache ich mir etwas zu essen und gehe ins Bett.

(38) Der schönste Platz auf der Welt

Es sind noch immer Schulferien, deshalb begegne ich dem Jungen oft schon am frühen Morgen. Wir gehen dann ein Stück gemeinsam. Unsere Hunde kommen gut miteinander zurecht, indem sie einander nach einer kurzen Begrüßung mehr oder weniger nicht mehr beachten. Benjamin hat mir in den vergangenen Wochen viel erzählt. Meistens, wenn wir unterwegs waren. Aber hin und wieder klingelt er bei mir, dann setzen wir uns auf den Balkon und plaudern ein wenig. Über seine Mutter redet er nicht oft. Sie ist jetzt mit dem Mann aus dem fünften Stock zusammen. Dem Mann mit den Piercings und der Spinnennetztätowierung. Ich habe Ben gefragt, wie er den neuen Freund seiner Mutter findet. Er hat lange überlegt. Sagte dann: Eigentlich ist er ganz nett.

Ben erzählt am liebsten von Karin und von Lily. Karin habe ich vom Sehen gekannt, wir sind uns manchmal begegnet, haben einander gegrüßt. Lily ist mir aufgefallen. Ben hat sie mit einer Schauspielerin verglichen, ich weiß jetzt nicht mehr mit welcher. Ich habe sie gemeinsam mit der Frau gesehen, von der ich inzwischen ebenfalls den Namen kenne. Johanna. Beide waren mit Karins Hündin unterwegs. Durch Hunde lernt man Menschen kennen, ob man will oder nicht. In unserer Gegend gibt es viele Hunde. Ben hat Karin zweimal besucht. Als er sie ein paar Wochen später wieder besuchen wollte, war Lily im Atelier und erzählte ihm, was geschehen war. Sie hatte ihn sofort erkannt und ihm ein paar Zeilen aus dem Abschiedsbrief ihrer Mutter vorgelesen. Ben sagte, ich habe mir jeden Satz gemerkt. Er war sehr stolz, als er mir davon erzählte. Er sagte, sie hat geschrieben: *Die Zeichnung, die unter meinem Brief liegt, ist von Benjamin. Er hat mich gezeichnet. Vielleicht wird aus ihm ein guter Maler. Ben wohnt im Hochhaus im siebten Stock. Er lebt dort allein mit seiner Mutter. Er geht jeden Tag mit einem kleinen, struppigen Hund spazieren. Ich möchte, dass du dich ein wenig um ihn kümmerst.*

Ich weiß nicht, ob Karin alles so geschrieben hat, wie Ben sagte. Vielleicht hat er etwas geschwindelt. Er sagte, sie muss gewusst haben, dass Lily kommt. Ich fragte, warum ist sie nicht früher gekommen? Hat sie nicht gewusst, dass ihre Mutter krank ist? Ben sagte, Karin hat keinem etwas gesagt. Auch nicht Johanna. Ben weiß alles. Er war auf Karins Beerdigung. Er hat mir auch von Ayse erzählt. Er sagte, wenn ich wüsste, wo Ayse beerdigt ist, würde ich einen Stein auf ihr Grab legen. Ich sagte, einen Stein? Warum einen Stein? Ben antwortete: Das macht man so. Aber es muss ein besonderer Stein sein, den man selbst gefunden hat. Ich sagte, Ayse ist bestimmt auf dem islamischen Friedhof beerdigt. Weißt du, wo das ist?, fragte er. Ich nickte. Fährst du mit mir hin? Ja, sagte ich, versprochen. Ich habe in den vergangenen Wochen eine Reihe von Fotos von Ben gemacht. Sie gefallen ihm. Er will Lily eines davon schicken. Wir haben die Bilder auf dem Bildschirm angeschaut. Ich sagte, ich lasse ein paar für dich ausdrucken. Lily hat zwei Wochen im Atelier ihrer Mutter gewohnt. Ben sagte, sie hätte in ein teures Hotel gehen können. Aber sie wollte so leben wie ihre Mutter. Und?, fragte ich. War sie traurig? Ben hob die Schultern. Sie haben einander mehr als zehn Jahre nicht mehr gesehen, da ist man nicht so traurig. Hatten sie denn gar keinen Kontakt?, fragte ich. Manchmal haben sie telefoniert, zum Geburtstag und zu Weihnachten. Karin hat Lily auch viele Briefe geschrieben, aber Lily hat nicht darauf geantwortet. Warum nicht?, fragte ich. Warum?, fragte Ben. Du fragst immer, warum. Woher soll ich das wissen.

Gestern roch es schon richtig nach Herbst. An manchen Bäumen sind die Blätter bereits gelb und rot. Wenn ich vom Balkon aus auf den Berghang schaue, sehe ich die Verfärbungen. Gestern habe ich Ben unten in der Kurve getroffen. Die Schafe waren wieder da. Sie blökten, ein paar kamen näher. Bist du schon lange unterwegs?, fragte ich. Ja, erwiderte er, wir waren schon im Wald. Jetzt gehen wir zu Peter, kommst du mit? Ich kann doch nicht einfach so mitkommen. Klar kannst du, sagte Ben. Natürlich hatte mir Ben auch von Peter, dem Siebdrucker, erzählt. Er sagte, das ist ein feiner Kerl, er wird dir gefallen. Also gingen wir die Straße hinauf. Dass du immer deine Kamera mit dir herumträgst, sagte Ben. Ich bin es so gewohnt, erwiderte ich. Und sie ist ja nicht schwer. Dann kannst du oben ein Foto vom schönsten Platz der Welt machen. Vom schönsten Platz der Welt?, fragte ich. Du wirst schon sehen, sagte Ben. Als wir oben in den Hof einbogen, war ich überrascht. Ich kannte das Gebäude nur von der Straße aus und hatte nicht gewusst, dass sich oben, auf erhöhter Ebene, ein ganzer Trakt befand. Wir gingen über den Kiesplatz, auf dem zwei Autos standen. Ben wies auf den Eingang zum Hundesalon. Heute arbeitet sie, sagte er. Die Tür stand offen, man hörte Musik und Stimmen aus dem Inneren. Ein Hund jaulte. Ben erklärte mir, dass sich Karins Atelier hinter dem Hundesalon befand. Seit Lily abgereist war, war es zugesperrt. Wir gingen über die Zufahrt nach hinten. Was für ein schöner Garten, sagte ich. Ja, sagte Ben, aber schau dir mal den ganzen

Ramsch an. Der Mann hebt alles auf. Karin hat gesagt, er sammelt, was es geschenkt gibt. Am Rand des Gartens standen tatsächlich Unmengen von Plastiktonnen, Malerkübel, Holz- und Kunststoffkisten. Ich konnte mir nicht vorstellen, wozu sie gut sein sollten. Die Tür zur Druckerei stand offen. Er ist da, sagte Ben. Ich sah mich um. Sah die Bank, die krumme Föhre, sah über den Hang hinunter auf die Siedlung. Das ist also der schönste Platz auf der Welt, sagte ich. Ben nickte. Karin hat das gesagt, aber ich weiß nicht, ob sie es ernst meinte. Ich nickte. Es gibt Schöneres, sagte Ben, findest du nicht? Möglich, erwiderte ich, aber ich verstehe, was sie meinte. Wir blieben eine Weile. Saßen mit Peter auf der Bank. Unterhielten uns. Hast du wieder etwas von Lily gehört?, fragte er. Ben nickte. Sie hat mich eingeladen. Nach Amerika?, fragte Peter. Wieder nickte Ben. Sie hat meiner Mutter vorgeschlagen, dass ich den nächsten Sommer bei ihr verbringe, diesen Sommer ist es leider schon zu spät. Sie will alles organisieren und bezahlt die Reise. Und?, fragte Peter, deine Mutter erlaubt das? Klar, sagte Ben.

Ich gehe von der Wohnung auf den Balkon und wieder zurück. Im Wohnzimmer läuft eine CD von Laurie Anderson. *Muddy River.* Wenn ich mich über das Balkongeländer beuge, sehe ich mein neues Wohnmobil. Natürlich ist es nicht neu, ich habe es gebraucht gekauft. Es ist ein hellblauer VW-Bus mit aufklappbarem Dach. An einem der nächsten Tage werde ich losfahren. Vielleicht nur ein paar Tage, in die Berge. Vielleicht auch ein bisschen weiter weg.

MONIKA HELFER
Die Welt der Unordnung
Roman

Es war einmal – so beginnen nicht selten Geschichten, die gar keine Märchen sind. So wie die um die neunjährige Samira und Inspektor Swini, der weiß, wie schwer eine Schuld wiegen kann, die einem keiner abnimmt.

»Monika Helfer geht es immer um die Menschen, um das, was sie antreibt, was sie sehnsüchtig und verletzlich macht.«

Annette Raschner, ORF

OLGA FLOR
Ich in Gelb
Roman

Alice ist Modebloggerin. Als NextGirl macht sie sich in der Szene schnell einen Namen: Sie nimmt sich kein Blatt vor den Mund, ihr Urteil ist stets unverblümt. Das Wunderland, durch das sie uns führt, ist ein Fantasiereich erschreckend realer Gestalten …

»Olga Flor ist eine Autorin von schneidender Intelligenz und Eloquenz. Sie gehört zum Besten, was die österreichische Literatur zurzeit hat.«

Helmut Gollner, Falter

ANGELIKA REITZER
Wir Erben
Roman

Die Geschichte einer Freundschaft, die zufällig erscheint: zwei Frauen, zwei Familien aus zwei sehr verschiedenen Welten, zwei Leben, die sich in dem berühren, was ihnen fehlt.

»Sensationell, wie unspektakulär die Autorin ihre Geschichten entwickelt, wie geduldig sie davon erzählt, dass sich nichts, fast nichts ereignet – und darüber doch die Leute alt werden, ihr Leben auskosten oder vergeuden, sterben. Es ist, als habe Adalbert Stifter seine Ururenkelin gefunden«

Karl-Markus Gauß, NZZ